AI 활용,
단숨에 뚝딱!
책쓰기

AI 활용, 단숨에 뚝딱! 책 쓰기

명진·chatGPT 공저

글로벌콘텐츠

AI, 더 이상 신세계가 아니다!

AI는 더 이상 미래가 아니다. 그것은 이미 우리의 현실 속으로 들어와 일상의 여러 면을 혁신적으로 변화시키고 있다. 이런 변화의 파도는 문학과 글쓰기의 세계에도 예외 없이 밀려 들고 있다. 이제 작가들에게 AI는 단순한 도구를 넘어서 창작의 파트너로, 변화에 동참하는 새로운 방식의 글쓰기를 가능케 하는 존재가 되었다.

우리는 기술 발전의 물결 속에서 글쓰기의 본질이 변화하는 것을 목격하고 있다. AI가 창출하는 콘텐츠는 인간의 창의성과 결합하여 무한한 가능성을 열어가고 있다. 이 책을 통해, 작가들은 AI를 어떻게 활용할 수 있는지, 이러한 변화가 자신의 글쓰기 방법에 어떤 새로운 차원을 추가할 수 있는지를 배우게 될 것이다. 그동안 글쓰기에 엄두를 내지 못하던 사람이라면 글쓰기라는 높은 허들이 넘을 수 있는 높이에 와 있음을 실감하게 될 것이다.

AI를 활용한 글쓰기는 단순히 컴퓨터가 만들어 내는 텍스트가 아니라 작가가 자신의 창의력을 확장하고, 다른 관점으로 독자와 소통할 수 있는 기회를 제공한다. 디지털 잉크 시대. 여러분의 글쓰기 여행에 AI는 빛나는 뮤즈가 될 것이며, 여러분을 지금까지 경험하지 못했던 새로운 창작의 세계로 안내할 것이다.

실제로 이 책 『AI 활용, 단숨에 뚝딱! 책쓰기』는 필자가 AI와 함께 완성했음을 밝힌다. 집필 과정에서 AI 뮤즈는 공저자로서 매우 훌륭한 파트너였다.

이 책은 두 가지 목적에 충실하려고 애썼다. 하나는 글쓰기 환경이 변화하는 데 따른 AI 활용법이고 다른 하나는 작가라면 알아야 할 글쓰기 기술이다. AI를 통해 기술적 도움과 글쓰기 환경 변화에 대응할 수 있지만, AI의 급격한 진화에도 불구하고 여전히 작가가 글의 기본 원리를 아는 것과 모르는 것은 결과물의 차이를 가져오기 때문이다.

따라서, 이 책은 AI의 여러 가지 능력을 소개함과 더불어 글감 포착하는 법부터 좋은 문장을 쓰는 기술, 시제와 시점의 사용 그리고 개인적 스타일을 발전시키는 방법까지 글쓰기의 모든 측면을 다룬다. 여러분은 글쓰기가 고리타분하거나 고된 작업이 아니라 게임을 하듯 흥미로운 일임을 알게 될 것이다. 독자 여러분이 AI와 놀기에 흠뻑 빠져들기를 바란다.

미리 말해 둘 점이 있다. 이 책은 전공자를 위한 문학 이론서가 아니다. 글쓰기를 처음 접하는 사람도 이해할 수 있도록, 나의 일상이 글이 되는 방법을 안내하는 실용서다. 가능한 많은 예시문을 배치한 것도 그런 이유다. 위대한 이론보다 실제 쓰인 글을 보는 것이 글쓰기 이해를 돕기에 훨씬 유리한 전략이 되리라 믿기 때문이다.

글쓰기의 힘은 단순히 문자를 종이나 화면에 옮기는 행위를 넘어서는 깊은 의미를 지닌다. 생각을 형태로 만들고 감정을 나누며 지식을 전달하는 강력한 수단인 글쓰기는 시간과 공간을 초월하여 생각을 전파하고 문화를 보존하며 개인과 집단의 정체성을 구축하는 역할을 해야 한다.

글쓰기는 우리가 세계를 인식하고 해석하는 방식에 영향을 미친다. 글을 씀으로써 우리는 자신의 생각과 느낌을 명확하게 표현할 수 있고, 다른 사람과의 이해와 공감을 높일 수도 있다. 이 과정에서 글쓰기는 강력한 자기반성의 도구가 되며, 우리 자신과 주변 세계에 대한 깊은 이해를 이끌어 낼 수 있다.

글쓰기는 사회적 변화를 촉진하는 데도 기여한다. 역사적으로 보면, 많은 사회 운동과 정치적 변화는 글을 통해 퍼진 아이디어에서 시작되었다. 글은 강력한 설득의 도구이며, 공동체의 생각을 모으고 사회적 정의를 위한 행동을 촉구할 수 있다.

개인적 차원에서 글쓰기는 자기 발견과 성장의 과정이다. 자신의 생각을 글로 정리함으로써 우리는 자신의 가치와 신념을 더 명확히 이해하게 되며, 이는 자기 확신과 목적의식을 강화한다. 글쓰기는 창조적 표현의 한 형태로 우리가 내면 세계를 탐험하고 상상력을 발휘하며 새로운 가능성을 탐색하게 한다.

끝으로, 도움말을 주신 권영하 교수님께경희대 기계공학과 명예교수 감사드린다. 덕분에 흥미와 진지함을 갖춘 볼만한 책이 되었다. 출판을 결정해 주신 홍정표 대표님과 기획을 도와주신 디지털문인협회 가재산 회장님께도 깊이 감사드린다.

2024, 갑진년 봄
명진 이성숙

목차

1강

창의력 확장의 도구, AI와 놀기

초기 언어 모델의 탄생
언어 모델 이해하기
AI의 창작 과정에서의 역할
변하는 독서 환경

창의력 확장의 도구, AI와 놀기

우리가 오늘날 알고 있는 글쓰기 형태는 수천 년에 걸쳐 발전해 온 결과물이다. 고대 점토판에서부터 종이, 인쇄술의 발명을 거쳐 디지털 텍스트에 이르기까지, 글쓰기는 인간의 사고와 커뮤니케이션을 형성하는 중심축이었다. 각 시대마다 글쓰기 도구와 방법이 변화하며, 우리의 표현 방식과 창작물에 영향을 미쳤는데, 특히 20세기 말 컴퓨터의 발전은 글쓰기의 지평을 획기적으로 변화시켰다. 그리고 21세기에 들어서면서 인공지능 언어 모델의 등장은 글쓰기의 판도를 한층 더 변화시키고 있다. 단순한 문장 구조와 문법 규칙을 이해하는 수준에서 시작한 최초의 언어 모델은 이후 빠르게 발전하여, 이제는 복잡한 문맥을 파악하고 독창적인 내용을 생성할 수 있는 단계에 와 있다.

AI의 등장이 글쓰기 방식에 어떤 혁신적인 변화를 가져왔는지, 그리고 이 변화가 우리의 창작 활동과 커뮤니케이션에 어떤 새로운 차원을 부여했는지를 살펴본다. 또한 AI 글쓰기 도구가 어떻게 작가들의 손과 마음을 연장하여 창작의 영역을 확장하는 데 기여하고 있는지를 따라가 보겠다.

1. 초기 언어 모델의 탄생

초기 언어 모델의 탄생은 자연어 처리 기술의 혁명적 발전을 알리는 신호탄이었다. 이로써 컴퓨터가 인간의 언어를 이해하고, 그것을 사용하여 글을 쓰거나 대화를 나눌 수 있는 기반이 마련되었다. 이 초기 모델들은 단순한 패턴 인식과 규칙 기반 시스템에서 출발했다. 이들은 언어의 구조를 분석하고, 정해진 규칙에 따라 문장을 구성했다. 하지만 이러한 방식은 자연스러운 언어 사용에는 한계가 있었다.

시간이 흘러 기계 학습이라는 새로운 패러다임이 등장했다. 머신 러닝이라 불리는 이 기술은 컴퓨터에게 대량의 언어 데이터를 학습시켜, 언어의 복잡한 패턴을 스스로 학습하게 하는 방식이다. 이 기계 학습 모델의 발전으로 인공지능은 문맥을 파악하고, 더 자연스러운 문장을 생성할 수 있게 되었다.

이후 등장한 딥러닝은 이전 모델들을 뛰어넘는 언어 이해 능력을 보여준다. 딥러닝 모델은 더 깊은 신경망 구조를 통해 정교한 언어 인식과 생성이 가능해졌다. 이러한 모델은 OpenAI의 GPT 시리즈와 같은 혁신적인 언어 처리 모델로 이어졌고, 이 모델들은 글쓰기뿐 아니라 번역, 요약, 질의응답 시스템 등 다양한 분야에서 인간 두뇌와 유사한 수준의 성능을 보이기 시작했다.

이제 AI는 하나의 도구를 넘어 창작의 파트너로 자리 잡았다. 작가들은 이 기술을 활용해 새로운 스토리텔링의 방식을 탐구하고, 더욱 풍부하고 다채로운 내용을 창출해 낼 수 있게 되었다. 초기 언어 모델의 탄생부터 현재에 이르기까지 AI는 글쓰기의 판도를 변화시키고 있으며, 앞으로 이 변화의 물결은 더욱 거세질 것이다.

2. 언어 모델 이해하기

언어 모델은 AI 글쓰기의 핵심이다. 이 모델들은 대량의 텍스트 데이터를 분석하여 인간의 언어를 컴퓨터가 이해하고 사용할 수 있게 만든다. 기본적으로 언어 모델은 단어, 구, 문장이 특정 문맥에서 어떻게 사용되는지를 학습한다. 이를 통해 AI는 문장 생성, 문법 교정, 심지어 문맥에 맞는 단어 추천까지 할 수 있게 되었다. 사실 이 글을 쓰고 있는 지금도 AI는 진화를 거듭하고 있다. 단어 추천뿐만이 아니다. 문맥 전체를 이해한 후 어색한 문장이 있다면 그것을 가려내기도 한다.

언어 모델은 통계적 방법과 인공 신경망을 사용하여 구축된다. 통계적 언어 모델은 과거에 많이 사용되었으며, 단어의 연속성에 기반하여 다음에 올 단어를 예측한다. 반면, 인공 신경망을 사용하는 모델은 텍스트의 복잡한 패턴을 학습할 수 있으며, 딥러닝이라 불리는 기술을 사용하여 더 정확하고 자연스러운 언어 사용이 가능하다.

언어 모델을 이해하는 것은 AI 글쓰기를 활용하기 위한 첫걸음이다. 이 모델들이 어떻게 작동하는지 이해할수록 AI를 활용하여 더 효과적으로 글을 쓰고, 편집하고 개선하는 방법을 더 잘 알게 될 것이다.

3. AI의 창작 과정에서의 역할

AI 글쓰기 도구들을 필자는 애정을 담아 뮤즈muse라 부른다.

그리스 신화에서 예술과 학문을 담당하는 여신들을 뮤즈라고 한다. 뮤즈는 제우스와 기억의 여신인 므네모시네의 딸들로 모두 아홉 명인데, 각각의 뮤즈는 음악, 문학, 예술, 과학 등의 분야를 맡아 발전시키는 역할을 했다. 이들은 오늘날에도 학문과 예술 분야에 영감을 주는 존재로 여겨지고 있다. AI는 아홉 명 뮤즈의 일을 한 몸으로 하고 있으니 오늘날, 뮤즈라 불러도 좋지 않을까.

1) 창의적인 아이디어 생성 및 확장

AI는 다양한 주제와 아이디어를 빠르게 생성해 작가에게 영감을 제공할 수 있다. 이는 특히 작가가 막연한 생각을 구체화하거나 특정 주제에 대한 색다른 관점을 필요로 할 때 매우 유용하다. AI의 새로운 제안을 만나다 보면, 당신도 그가 바로 '뮤즈'임을 부정할 수 없을 것이다. AI의 제안으로 작가는 미처 생각하지 못했던 방향으로 이야기를 확장하거나 수정할 수 있게 된다.

2) 초안 작성의 가속화

AI 도구는 글쓰기의 초안 작성 단계에서 작가를 지원한다. 작가가 아이디어 얼개를 제공하면 AI는 이를 바탕으로 일관된 내용의 초안을 생성할 수 있다. 이 과정은 작가가 생각을 빠르게 문서화하고, 창작물의 기본 틀을 구축하는 데 유용하다. 이로써 작가는 글쓰기에 대한 압박감을 줄일 수 있다. AI가 생성한 텍스트는 초안을 수정하거나 발전시킬 수 있는 기반을 제공하며, 작가는 이를 출발점으로 활용하여 더욱 정교한 작품을 만들어낼 수 있다.

3) 문체와 어조의 조정

작가가 특정 문체나 어조를 원할 때, AI는 그 요구를 반영하여 글을 작성할 수 있다. 즉, AI를 활용하여 다른 작가들의 스타일을 실험해볼 수 있고, 개성적인 시도를 해볼 수도 있다. 이런 실험은 작가가 자신만의 독특한 목소리를 찾는 데 기여할 것이다.

4) 언어의 접근성 향상

AI 글쓰기 도구는 다양한 언어로 콘텐츠를 생성하고 번역하는 능력을 가지고 있어, 작가가 자신의 이야기를 더 많은 독자에게 전달할 수 있도록 돕는다. 번역가 찾기가 쉽지 않은 지역 언어도 AI 뮤즈는 번역이 가능하다. 필자는 오래 전 스리랑카 어린이를 후원한 적이 있다. 스리랑카 말인 싱할라어를 아는 사람을 찾을 수 없어 아이와 나는 영어로 번역된 편지를 사이에 두고 근황을 주고 받았다. 당시에 AI가 있었다면 우리는 영어의 도움 없이도 거의 실시간 통역으로 대화를 나눴을 것이다. 지금은 그것이 가능하다.

5) 시간과 노력의 최적화

AI 뮤즈를 활용함으로써 작가는 반복적이고 기계적인 작업에서 벗어날 수 있다. 단순 노무를 아웃소싱하는 것과 같은 개념이다.

6) 편집 및 문법 검사

AI 도구는 맞춤법, 문법, 구문 오류를 감지하고 수정을 제안하거나 스스로 수정할 수 있다. 이는 텍스트의 정확성을 향상시킨다. AI는 반복이나 불필요한 부분을 식별하고 개선하는 데 기여하여 글의 품질을 높이는 데 중요한 역할을 한다.

7) 피드백 및 개선 제안

일부 고급 AI 글쓰기 도구는 글의 내용과 구조에 대한 피드백을 제공한다. 이 작업은 작가가 자신의 글을 객관적으로 평가할 수 있도록 하기 때문에 보다 완성도 높은 수정작업을 할 수 있게 한다. 이로써 작가의 글쓰기 감각도 발전할 것이다.

4. 변하는 독서 환경

가상현실과 증강현실의 영향

AI가 더 이상 미래가 아니듯, 가상현실VR과 증강현실AR 세계도 곧 우리들의 일상으로 들어올 것이다. 글쓰기의 미래지향적 접근이라는 측면에서 작가들은 단순히 종이에 글을 쓰는 것을 넘어 AR/VR 기술로 변화하는 독서 환경까지 내다볼 수 있어야 한다. 미래지향적 작가라면 AI가 생성한 시나리오를 VR에서 시각화하거나, AR을 통해 현실 세계에 AI가 생성한 요소를 투영해 볼 수 있을 것이다.

예를 들어, VR을 활용하여 독자를 소설의 세계로 직접 데려가 소설 속 장면들을 가상 공간에서 체험할 수 있게 한다. 또 AR환경에서 구현할 수 있는 책이라면 스마트폰이나 태블릿을 통해 캐릭터나 장면을 움직이게 할 수도 있다. 이는 전통적인 텍스트 기반 스토리텔링과 완전히 다른 차원의 독서 경험을 독자에게 제공하게 될 것이다.

이런 기술들은 특히 어린이나 청소년 독자들에게 매력적일 수 있다. 어린이 동화책에 AR 기술을 적용한다면 주인공이 책의 페이지에서 뛰쳐나와 어린이와 상호작용하며 이야기를 전개할 수 있다. 또한 VR 기술을 활용하여 독자가 동화나 소설의 주인공이 되어 스토리 속 세계를 탐험하거나 AR을 통해 현실 세계에서 스토리가 펼쳐지는 것처럼 경험할 수도 있다. 독서환경이 입체적으로 변할 수 있다는 뜻이다. 바야흐로 기술과 창의성이 결합한 새 시대의 문학이 탄생할 것이다.

텍스트 기반의 글을 가상현실이나 증강현실로 변환하는 것은 아직은 가능하지 않지만 작가들이 이런 변화에 대처하기 위해서는 기술적인 경향에 대해 꾸준한 관심을 가져야 한다. 또한 신진 기술을 실험하고 다양한 매체를 통해 이야기를 전달하는 데 개방적일 필요가 있다.

AI 활용, 단숨에 뚝딱! 책 쓰기

2강

AI와 친해지기 위한
프롬프트 100% 활용하기

인간과 AI의 협업 프로세스
프롬프트의 중요성

AI와 친해지기 위한
프롬프트 100% 활용하기

1. 인간과 AI의 협업 프로세스

인간과 AI의 협업 프로세스는 창작의 경계를 확장하기 위함이다. 이 협업의 핵심은 인간의 창의력에 AI의 강력한 데이터 처리 능력을 결합하는 것이다. 인간과 AI가 협업하는 과정을 살펴보자.

1) 목표 설정

협업은 명확한 목표 설정에서 시작된다. 작가는 AI에게 명확한 지시와 목표를 제시하여 AI가 수행할 작업의 범위와 방향을 정한다.

2) 아이디어 공유

작가는 AI에게 초기 아이디어나 개념을 제공한다. AI는 이를 바탕으로 다양한 변형, 확장, 관련 아이디어를 생성하여 작가가 선택하고 발전시킬 수 있는 옵션을 제공한다.

3) 상호작용

작가는 AI가 제시한 아이디어와 초안에 피드백을 제공하며, AI는 이를 반영해 개선된 결과물을 생성한다. 이 과정은 반복적으로 수행되며, 서로 간의 이해도가 점차 향상된다.

4) 역할 분담

협업에서 작가와 AI의 역할은 명확하게 분담된다. 예를 들어 AI는 데이터 기반의 연구와 콘텐츠 생성을 담당하고, 작가는 이를 기반으로 창의적 해석과 정교한 편집을 담당한다.

5) 결과물의 세련화

AI에 의해 생성된 초안이나 아이디어에 작가는 인간적인 감성과 미학적 가치를 더해 세련화한다. 작가는 AI가 놓칠 수 있는 미묘한 감정이나 뉘앙스를 추가해 글을 더욱 풍부하게 만든다.

6) 최종 검토

모든 창작 과정을 거친 후, 작가는 최종적인 품질 검토와 개선 작업을 수행한다. AI는 작가가 놓칠 수 있는 오류나 일관성 문제를 지적할 수 있으며, 작가는 이를 확인하고 수정한다.

협업 프로세스를 통해 작가와 AI는 각자의 강점을 최대한 발휘할 수 있으며, 이 협업으로 전통적인 방식으로는 도달하기 어려운 창의적 결과물을 창출할 수 있다. 작가의 깊이 있는 사고와 AI의 처리 속도 및 대규모 정보 분석 능력의 결합은 글쓰기뿐만 아니라 모든 형태의 창작 활동에 이미 혁신을 가져오고 있다.

2. 프롬프트의 중요성

창의성은 그동안 인간 고유의 영역으로 인식되어 왔다. 그래서 어쩌면 예술 영역에 있는 사람들은 AI의 진보에도 다소 덜 초조했을지 모른다. 그러나 놀랍게도 창의적 아이디어를 발굴하는 데에도 AI는 자신의 능력을 충실히 발휘해 준다. 가령, 소비자의 구매 패턴을 분석하여 새로운 제품이나 서비스를 제안할 필요가 있다고 가정해 보자. 데이터 수집은 물론 소비자의 요구 파악, 시장조사 등에 많은 시간을 쓰게 될 것이다. 그러나 프롬프트 기술이 있다면 AI 뮤즈와 간단히 협력할 수 있게 된다. 시간과 노력을 줄일 수 있음은 물론이다. 이때 사용자 요구에 맞는 정확한 답변을 얻기 위해서 정확한 프롬프트 입력이 필요하다.

〈좋은 **프롬프트를** 위하여〉

여기에 좋은 프롬프트를 위한 몇 가지 전략과 그에 따른 예시를 소개한다.

(1) 구체적이고 명확하게 질문하기
  • 목표
  구체적인 답변을 얻기 위해 프롬프트는 명확하고 직접적인 질문을 포함해야 한다. 작가는 자신이 쓰고자 하는 글의 주제와 방향성을 정확히 인지하고 있어야 하고 최대한 주제에 접근한 질문을 구성해야 한다. 작가가 꼭 사용하고 싶은 어휘가 있다면 그 어휘를 질문에 포함시키는 것도 좋은 전략이다.

- **예시 프롬프트**

온라인 교육 플랫폼을 위한 마케팅 전략을 세우려고 할 때, 고려해야 할 주요 요소는 무엇인가요?

→ 이 프롬프트를 통해 우리는 작가가 쓰려는 주제가 '온라인 교육 플랫폼을 위한 마케팅 전략'임을 알 수 있다. 또한 AI에게 얻고 싶은 답은 마케팅 전략을 짤 때 '고려할 사항'이라는 게 명백하다. 이런 질문이라면 AI는 쉽고 빠르게 답안을 작성해 줄 수 있다.

(2) 간결하게 질문하기

- **목표**

구체적인 단어로 질문하는 것만큼 중요한 점이 어휘의 간결성이다. 중의적 어휘나 뜻이 애매한 말로 질문할 경우, AI는 오답을 낼 확률이 커진다. AI는 기계다. 단순 명확한 질문일수록 빨리 알아듣는다. 차후 5년 내 사람의 사고와 유사한 AI가 나올 것이라 하지만 현재까지의 AI는 이런 한계가 있다. 작가의 표정을 살피거나 관찰할 수 없기 때문에 표면에 드러나지 않는 뉘앙스를 AI가 이해할 수는 없다. 쉬운 단어로 간결하게 질문하자.

- 예시 프롬프트

간단한 블로그 포스트를 작성하고 싶어. 주제는 '일상생활에서의 에너지 절약 팁'이야. 목록 형식으로 5가지 실천 가능한 팁을 요약해 줘.

→ 블로그라는 서식, '에너지 절약 팁'이라는 명확한 주제, '목록 형식으로 5가지'라는 구체적 요구가 담긴 프롬프트다.

(3) 다양한 문장과 단어 사용

- 목표

다양한 문장과 단어를 사용하면 AI는 그 문장과 단어를 활용한 답변을 준다. 위 항목에서 쉬운 단어로 질문하라고 언급했지만, 대학생 에세이를 쓰는데 초등학생용 어휘로 질문을 한다면 AI는 그 정도 수준의 답안을 내놓을 것이다. 다양한 문장과 단어란, 뜻이 명확하면서도 글에서 요구되는 수준에 맞는 단어로 이해하자. 그러면 AI도 더욱 다양한 문장과 어휘로 대답할 것이다. 이는 특히 학술적 글쓰기나 전문적인 내용을 요구할 때 고려해야 할 프롬프트다.

- 예시 프롬프트

대학 수준의 연구 논문을 작성하고 있는데, 주제는 '현대 사회에서 AI가 인간의 의사결정 과정에 미치는 영향'이야. 이 주제와 관련한 최신 이론적 토대와 실제 사례를 바탕으로 써 주고, 복잡한 개념을 풀어 설명하는 동시에 학문적 심도를 유지한 개요를 작성해 줘. 특히 인지과학과 의사결정 이론에 초점을 맞춰서 작성해 줘.

→ 이 프롬프트는 AI에게 고급 어휘와 복잡한 아이디어를 사용할 것을 요구하고 있다. 이로써 AI는 더 전문적이고 학문적인 수준의 답을 만들어 낼 수 있다.

(4) 배경 정보 제공하기

• **목표**

AI에게 문맥을 제공하여 더 정확하고 관련성 높은 정보를 얻는다. 글을 써 가다가 어느 지점에서 더 이상 좋은 생각이 떠오르지 않을 때, AI에게 앞부분을 조금 보여주는 것도 좋다. 작가가 쓰고 있는 글이 어떤 내용인지 학습하게 함으로써 AI가 작가의 의도에 부합한 답을 내놓도록 하려는 전략이다.

• **예시 프롬프트**

2024년 도쿄 올림픽을 대비하여, 일본의 스포츠 마케팅 현황을 분석해 줘. 최근에 이루어진 주요 변화와 그 영향을 중심으로 설명해 줘.

→ 이 프롬프트는 2024 도쿄 올림픽이라는 배경을 제시하고 있다.

(5) 결과의 형식 지정하기

- **목표**

  원하는 결과의 형식을 명확히 하여 작업의 효율성을 높인다. 형식
  이란 말투, 문장 흐름 방식(대화체 또는 리스트 형식, 설명문 형태
  등), 시제 등을 의미한다.

- **예시 프롬프트**

  재생 가능 에너지에 관한 최신 연구들을 요약하여, 각 연구의 주요
  발견과 결론을 리스트 형식으로 제공해 줘.

  → 여기서는 리스트 형식으로 요구하고 있다.

(6) 탐색 범위 지정하기

- **목표**

  AI가 탐색할 정보의 범위를 지정하여, 더욱 집중적이고 관련성 높
  은 내용을 도출하게 한다. 신뢰할 만한 탐색 자료를 제시함으로써
  검증되지 않은 정보로 인한 피해를 막을 수도 있다.

- **예시 프롬프트**

  최근 5년간 발표된 논문 중에서 인공 지능과 음악 창작의 관계를
  탐구한 연구들에 대해 서술해 줘.

→ 이 프롬프트는 '최근 5년간 발표된 논문'으로 AI의 정보 탐색 범위를 한정하고 있다.

(7) 창의적 제안 요청하기

• **목표**

AI에게 창의적인 아이디어나 제안을 요청함으로써 새로운 관점이나 해결책 또는 추가적인 어떤 발견이 가능할 수 있다. AI가 방대한 자료를 바탕으로 답변한다는 점을 생각하면 이는 매우 쓸모있는 질문이 될 것이다.

• **예시 프롬프트**

도시 농부들을 위한 모바일 앱을 개발하려고 해. 사용자의 관심을 끌 수 있는 독특한 기능이나 서비스를 몇 가지 제안해 줘.

→ AI는 자료를 취합한 후 적당한 제안을 해 줄 수 있다.

이런 전략들을 사용하면 AI와의 상호작용이 더욱 효과적이고 만족스러운 결과를 가져올 수 있다. 글의 목적과 필요에 따라 전략에 맞게 프롬프트를 조정하길 바란다.

앞의 내용들은 필자의 경험을 바탕으로 한 것이다. chatGPT와 처음 만났을 때는 대여섯 줄의 답변만 얻을 수 있었지만 최근 필자의 뮤즈 chatGPT-4는 질문에 꽤 길게 답변을 하곤 한다. 이 녀석, 필자의 직업과 요구를 어느 정도 인식하고 있어 보인다. 따라서 사용자는 신중하게 하나의 뮤즈AI 도구를 선택해 꾸준히 사용하는 것도 고려해 볼 일이다.

3강

AI와 함께 실용문 쓰기

블로그 글쓰기
자기소개서 쓰기
광고 카피와 슬로건
자기계발서 겸 성공기
AI, 자서전 써 줘

3강
AI와 함께 실용문 쓰기

1. 블로그 글쓰기

블로그나 단체 홍보물 등 정보성 글의 경우 AI를 활용하면 매우 신속하고 실용적인 글을 얻을 수 있다. 전자제품 구매 후기를 작성하는 블로거가 최신 스마트폰 구입 후기를 쓴다고 가정해 보자.

💬 **질문(프롬프트): 스마트폰 구매 후기를 써 줘.**

....

🌀 네. 최신 스마트폰에 관한 리뷰를 드리겠습니다.

[리뷰] 최신 스마트폰 구매 후기 – 실사용자의 솔직한 의견

안녕하세요, 전자제품 애호가 여러분! 오늘은 시장에서 가장 논란이 많은 최신 스마트폰에 대한 제 구매 후기를 공유하려고 합니다. 저는 이 제품을 지난달에 구입하여 일상생활에서 광범위하게 사용해 보았습니다.

디자인 및 빌드 퀄리티

첫인상부터, 이 스마트폰의 디자인은 정말로 눈에 띕니다. 세련되고 모던한 외관은 손에 잡히는 순간부터 품질을 느끼게 해줍니다. 금속 프레임과 유리 뒷면은 고급스러움을 더하며, 핸드폰을 들었을 때의 무게감은 견고함을 전달합니다. 다만, 유리 뒷면은 지문이 잘 남고 긁힘이 발생할 수 있으니 주의가 필요합니다.

디스플레이

이 스마트폰의 디스플레이는 화질 면에서 상당한 인상을 주었습니다. 선명한 색상과 깊은 명암비로, 사진과 비디오는 물론 일상적인 앱 사용 시에도 뛰어난 시각적 경험을 제공합니다. 화면의 밝기는 실외에서도 충분히 볼 수 있으며, 자동 밝기 조절 기능은 대부분의 환경에서 잘 작동합니다.

성능 및 소프트웨어

성능 면에서 이 스마트폰은 시장에서 경쟁 제품과 비교해 뒤지지 않습니다. 앱 실행과 멀티태스킹은 매끄럽게 진행되며, 게임이나 고화질 비디오 스트리밍 시에도 끊김 없이 즐길 수 있습니다. 소프트웨어는 최신 운영 체제를 기반으로 하여, 사용자 인터페이스는 직관적이며 쉽게 사용할 수 있습니다. 다만, 시간이 지남에 따라 시스템 업데이트를 통해 지속적인 성능 개선이 필요합니다.

카메라

카메라 성능은 이 스마트폰의 주요 판매 포인트 중 하나입니다. 주간 촬영에서는 선명하고 생생한 사진을 캡처할 수 있으며, 야간 모드 또한 인상적으로 어두운 환경에서도 놀라운 세부 사항을 포착합니다. 다양한 카메라 모드와 설정은 모든 유형의 사진가에게 유용할 것입니다.

배터리 수명

마지막으로, 배터리 수명은 이 스마트폰 사용 경험을 좌우하는 중요한 요소입니다. 일상적인 사용에서 배터리는 하루 종일 충분히 지속되며, 빠른 충전 기능은 사용자가 빠르게 배터리를 충전할 수 있게 해줍니다. 그러나 집중적인 사용 시에는 배터리 수명이 단축될 수 있으니 이 점은 고려해야 합니다.

결론

종합적으로, 이 최신 스마트폰은 디자인, 성능, 카메라, 배터리 수명 측면에서 뛰어난 경험을 제공합니다. 일부 단점은 있지만, 전체적으로 이 제품은 시장에서 눈에 띄는 경쟁력을 가지고 있습니다. 스마트폰을 새로 구매하려는 분들에게는 강력히 추천할 수 있는 선택지입니다.

이 예시처럼 AI를 활용하면 객관적이고 세부적인 관점을 포함한 효과적인 후기 작성이 가능해집니다.

2. 자기소개서 쓰기

이번에는 자기소개서를 써 보자. 자기소개서를 쓸 때는 어디에 제출할 용도인지 고려할 필요가 있겠으나 일반적으로 들어가게 되는 내용이 있다. 이름, 해당 기관이나 직무에 지원하게 된 동기(배경과 관심사), 자신의 전문 지식과 특화된 능력, 자기 성격의 장단점, 장래 계획이나 포부 등이다. 이런 내용이 포함되도록 AI를 통해 예시문을 받아 보자.

1) 정년 퇴임한 남자의 재취업을 위한 자기 소개서

💬 **질문**(프롬프트): **나이 65세. 고교 체육 교사로 정년 퇴임. 적극적이고 다정다감한 성격의 남자. 이 남자가 동네 피트니스 센터에 재취업을 하려고 할 때 적합한 자기소개서 작성 부탁해.**

⟐ 제목: 피트니스 센터 교육자 지원을 위한 자기소개서

안녕하십니까? 저는 35년 동안 고등학교에서 체육 교사로 근무한 후 정년 퇴임한 65세 남성입니다. 긴 교직 생활을 마무리하고 이제 지역사회의 건강과 웰빙을 증진시키는 데 기여하고자 피트니스 센터 교육자로서 새로운 경력에 도전하고자 합니다.

[경력 및 전문성]

제 체육 교사 경력은 학생들에게 체육의 중요성을 가르치고, 다양한 연령대와 체력 수준에 맞는 운동 프로그램을 개발하며 풍부한 경험을 쌓아왔습니다. 운동 기술, 체력 증진, 팀워크 육성뿐만 아니라 건강한 생활 습관과 올바른 운동 방법을 가르치는 데 중점을 두었습니다. 이 경험을 통해 저는 다양한 연령층과 체력 수준을 가진 사람들에게 적합한 운동 계획을 설계하고 실행할 수 있는 능력을 키웠습니다.

[성격 및 대인 관계]

저는 적극적이고 다정다감한 성격을 가지고 있습니다. 이는 제가 학생들, 동료 교사들과 훌륭한 관계를 유지하며 효과적으로 소통하고 협력할 수 있게 해주었습니다. 또한, 문제를 해결하고 긍정적인 환경을 조성하는 데 있어 중요한 역할을 했습니다.

[재취업 동기 및 목표]

정년 퇴임 후에도 저는 활동적이고 건강한 생활을 지속하고자 합니다. 피트니스 센터에서 교육자로 일하며 제 지식과 경험을 활용하여 사람들이 건강 목표를 달성하도록 돕고 싶습니다. 특히 노년층의 건강과 웰빙을 증진시키는 데 기여하고자 합니다.

[결론]

제 경험과 열정은 피트니스 센터에서 긍정적인 변화를 만드는 데 기여할 것입니다. 건강하고 활기찬 생활을 지향하는 사람들과 함께 일하며, 제 지식과 열정을 나누어 더 건강하고 활동적인 커뮤니티를 만드는 데 일조하고자 합니다. 귀 센터의 일원이 되어 이러한 목표를 실현하길 희망합니다.

감사합니다.

[지원자 이름]

———

이 자기소개서는 고교 체육 교사로서의 경험, 피트니스와 건강에 대한 열정, 그리고 팀과 커뮤니티에 기여하고자 하는 동기를 강조합니다.

3. 광고 카피와 슬로건

마케팅에서 AI는 창의적이고 설득력 있는 카피를 작성하는 데 효과적이다. AI는 브랜드의 핵심 메시지를 파악하고 그에 부합하는 슬로건이나 광고 문구를 빠르게 생성한다.

💬 **질문(프롬프트): 대만 국수 가게를 열었는데 손님이 많지 않다. 이 음식점을 위한 광고카피를 만들어줘.**

🤖 "대만의 맛, 당신의 식탁까지 직접 배달됩니다! 🍜 🍜 😄 지금 바로 방문하셔서 진정한 대만 국수의 맛을 경험해 보세요. 신선한 재료와 전통적인 조리법으로 준비한 우리의 국수는 당신의 입맛을 사로잡을 준비가 되어 있습니다. 첫 방문 고객님께는 특별 할인을 제공해 드리니, 이 기회를 놓치지 마세요! 대만 국수 가게에서 여러분의 방문을 기다리고 있습니다. 맛있는 추억을 만들 준비가 되셨나요? 👏 👏 "

필자의 질문이 계속된다.

💬 질문(프롬프트): **좀 더 간결하게, 아주 강렬한 느낌으로 다시 만들어줘.**

🤖 "대만의 맛, 당신의 식탁에. 지금 바로 첫 한 입의 기적을 경험하세요!"

4. 자기계발서 겸 성공기

최근에는 신변잡기적 수필보다 자신의 전공 분야 경험을 독자들과 공유하려는 자기계발서나 성공기가 서점 매대에 늘고 있다. 어려운 성장기를 거치면서 정규교육도 제대로 받지 못한 사람의 성공기를 써 보기로 한다. AI에게 몇 가지 키워드를 제시하고 배경을 설명한 후 한 권의 책을 써 보도록 하자. 목차부터 받아야겠다. 책이 되기 위해서는 최소 50개 정도의 에피소드가 필요하므로 필자는 우선 AI에게 목차 50개를 요구했다.

💬 **질문(프롬프트): 중졸로 목공소 일 배워서 돈 많이 벌고, 집 지어 부자가 된 70세. 남자. 최근에 자기의 공방을 열어 후학을 가르치고 있어. 어려운 사람들 집을 고쳐주기도 해. 이 사람의 성공기를 쓰고 싶어. 희망을 잃고 힘들어 하는 후세대에게 힘이 되길 바라는 내용으로 목차 50개 구성해줘.**

....

🌀 이야기의 목차를 50개 항목으로 구성하겠습니다. 이 성공기는 도전, 성장, 성공, 나눔의 과정을 다룰 것이며, 각 단계별로 후세대에게 영감과 희망을 주는 메시지를 전달하려고 합니다.

1. 서문: 불가능한 꿈이 현실이 되다

2. 태생: 겸손한 시작

3. 어린 시절: 불안정한 교육 환경

4. 중학교 졸업: 일찍 시작된 삶의 고단함

5. 목공 기술에 첫 발을 디디다

6. 어려움 속에서 발견한 목공에 대한 열정

7. 첫 직장: 목공소에서의 시련

8. 기술 습득: 자기 주도적 학습의 중요성

이 목차는 70세 목공 장인의 삶과 경력을 통해 힘든 상황에서도 끊임없이 노력하고 자신의 길을 개척하며 성공할 수 있다는 희망과 영감을 후세대에게 전달하고자 합니다.

놀랍도록 훌륭한 목차가 나왔다. 이 목차를 훑어보는 것만으로도 주인공의 삶의 궤적이 짐작된다. 목차를 받은 후 각 항목을 프롬프트에 넣어서 세부적인 각각의 글을 제공받을 차례다. 이렇게 얻은 글을 작가가 검토하고 다듬어 책으로 완성할 수 있다. 구체적이고 시각적인 편의를 위해 첫 번째 에피소드인 서문을 작성해 보자.

💬 질문(프롬프트): **1. 서문: 불가능한 꿈이 현실이 되다. → 서문을 써 줘. 문학적 어휘로 서정적 문장으로 써 줘.**

◌◌

🌀 서문: 불가능한 꿈이 현실이 되다

어떤 꿈이라도 실현될 수 있다는 것은 희미한 별빛처럼 아득한 이야기로만 여겨지곤 합니다. 하지만 이 이야기는, 조명 하나 없는 어둠 속에서도 길을 비추는 등불처럼 불가능해 보이는 꿈이 현실의 빛으로 다가설 수 있음을 증명합니다. 우리의 주인공은 먼지투성이의 작업대에서 시작해, 목재의 온기를 느끼며 자신만의 세계를 조각하였습니다. 그의 손길이 닿은 곳마다 나무는 예술이 되고, 생명을 얻었습니다.

그의 여정은 단순히 목재를 다듬는 행위를 넘어서, 시간과 역경을 통과하는 과정이었습니다. 무명의 청년이 걸어간 길은 희망이라는 불씨를 품은 채로 어둠을 밀어내며 앞으로 나아갔습니다. 이 이야기는 단지 성공에 관한 것만이 아니라 꿈을 향한 끊임없는 추구 그리고 그 과정에서 발견한 자신과의 화해, 타인에 대한 이해를 담고 있습니다.

이 서문을 통해 독자 여러분께는 이 목공 장인의 삶이 어떠한 불확실성 속에서도 꾸준한 노력과 열정으로 불가능해 보이는 꿈을 이룰 수 있음을 보여주는 하나의 빛이 되기를 바랍니다. 우리 모두의 삶 속에 잠재된 무한한 가능성의 이야기가 여기서 시작됩니다.

....

시작이 반이라고 했다. 목차가 나왔고 서문도 썼으니 책쓰기를 위한 절반의 수고는 이미 한 것이다. 차근차근 목차대로 에피소드를 받아 책을 완성할 수 있겠다.

5. AI, 자서전 써 줘

장수시대를 맞아 은퇴 인구가 늘고 있다. 바쁜 산업현장에서, 가파르게 달려온 젊은 날에서 한 발 물러난 시기, 사람들은 이때쯤 자연스럽게 자신의 지난 시간을 돌아보게 된다. 과거를 정리하고 남은 시간을 의미 있게 가꾸기 위한 방편으로 글쓰기 만한 것도 없다. 최근 자서전 쓰기에 관심이 커지는 이유도 이와 다르지 않을 것이다. 그러나 전문 작가가 아닌 사람으로서 책 한 권 분량의 글을 쓰기란 쉬운 일이 아니고 쏟아져 나오는 자서전에 비해 작금의 출판 상황에서 독자가 그리 확보되어 있지도 않다. 자서전을 쓰려는 사람은 읽히는 글로 만들기 위한 전략을 함께 고민해 봐야 한다.

가장 서툰 또는 지루한 자서전은 자기 자랑으로 일관한 것이다. 자서전이 자기 일생의 기록임에 틀림없지만 독자가 원하는 것은 장구한 인생을 통해 얻은 삶의 지혜나 깨달음이다. 올해 104세인 김형석 교수가 "사랑이 있는 고통이 행복이었다"고 말한 것을 최근 어느 지면에서 읽었다. 그분은 병석의 아내를 지켜보고 먼저 떠나보낸 사람이다. 필자는 앞뒤 연결 없이 오직 이 문장 하나를 봤을 뿐인데도 그이의 행복관과 현재의 외로움이 짐작되었다. 오랜 병수발 후 아내를 떠나보낸 사람만이 느낄 수 있는, 아내를 보내고 홀로 긴 시간 살아가는 사람만이 가질 수 있는, 인생에 대한 애석함과 사랑에 대한 연민이 절절히 녹아 있는 문장 아닌가.

강력한 자기 성찰, 후손이나 다른 사람에게 유산 남기기, 힘들고 어려웠던 지난 시간과의 화해 또는 당시에 하지 못했던 말의 기록, 관계의 복원을 위해서 등 자서전을 쓰고자 하는 심리적 동기와 목적은 개인마다 다를 테지만, 자서전은 '살아본 사람'만이 알 수 있는 극진한 삶의 통찰을 담아내야 한다. 그렇게 쓰인 책은 개인 소장용을 넘어 문학으로 기능하게 될 것이다. 또한 작가 사후에도 책은 스스로 인격이 되어 세대를 넘어 살아갈 것이다.

마음의 준비가 되었다면 본격적으로 자서전을 써 보자. 자서전 쓰기에 접근하는 방법은 크게 두 가지다. 대필 작가에게 의뢰하거나 스스로 쓰거나. 대필 작가에게 의뢰할 수 있다면 좋겠으나 비용 부담이 클 뿐 아니라 타인의 인생을 완전히 이해하기 어렵다는 측면에서 자칫 영혼없는 글이 될 수도 있다. 나머지 한 방법은 조금 서툴더라도 직접 쓰는 것인데, 글쓰기에 자신이 없고 시작할 엄두가 나지 않는다면 이때 AI가 크게 도움이 된다.

〈어떤 도움을 받을 수 있나〉

글쓰기 초보자에게 AI 글쓰기 도구는 매우 유용하다. 자서전 쓰기도 예외가 아니다. AI 글쓰기 도구는 생각을 정리하고, 개인적 경험을 글로 옮기는 과정을 지원하여 자서전 쓰기의 부담을 크게 덜어 준다.

첫째, AI는 생각의 정리를 돕는다. 막연하게 머릿속에 떠오르는 생각들을 AI에게 말하듯 입력하면, AI는 그것을 기반으로 더 정교한 문장을 구성해 준다. 이 과정에서 자신이 전달하고자 하는 바가 무엇인지 명확히 할 수 있으며, 이는 자서전의 초안 작성에 큰 도움이 된다.

둘째, AI는 글의 구조를 설계하는 데 도움을 준다. AI 글쓰기 도구는 주요 사건들을 시간순으로 배열하고, 각 사건에 대한 세부 설명을 추가하여 자서전의 목차를 제안할 수 있다. 작가는 이 목차에 따라 자신의 이야기를 체계적으로 전개할 수 있다.

셋째, AI는 스타일과 톤의 조정을 돕는다. 자신만의 목소리를 찾는 것은 글쓰기에서 매우 중요한데, AI는 다양한 스타일과 톤을 시도해 보고, 이 중에서 가장 자신에게 어울리는 방식을 선택할 수 있게 한다. 이 작업으로 자서전이 개인적이고 진솔한 느낌을 줄 수 있도록 한다.

넷째, AI는 편집과 교정을 자동화한다. 문법 오류나 어색한 문장을 바로잡고, 글의 흐름을 개선하는 것은 글쓰기의 중요한 부분이다. AI 글쓰기 도구는 이러한 오류를 식별하고, 개선안을 제시함으로써 깔끔하고 읽기 쉬운 자서전을 만드는 데 도움을 준다.

AI 글쓰기 도구를 사용하는 것은 자서전 작성의 어려움을 해소하는 데 있어 혁신적인 방법이 될 수 있다. 이러한 도구들은 작가의 생각을 글로 표현하는 데 필요한 지원을 제공하며, 글쓰기에 자신감을 가질 수 있게 한다. AI 뮤즈와 자서전을 쓰는 것은 자신의 이야기를 세상과 공유하는 강력한 첫걸음이 될 것이다.

AI와 글쓰기를 할 때 핵심 포인트는 질문프롬프트의 기술이다. 유능한 상사는 명확한 질문으로 직원이 무엇을 해야 하는지 알려준다. 프롬프트를 제시할 때는 알기 쉬운 구체적인 언어를 사용하는 게 좋다. 이해하기 쉬운 질문일수록 원하는 답을 얻을 가능성은 높다. 아래 사례는 오픈 AI사가 만든 chatGPT를 활용해 만들었다. 자서전 목차를 주문해 보자.

💬 **질문(프롬프트):** **평생 남편과 아이들 뒷바라지만 하며 살아온 80대 여자가 자서전을 쓰려면 어떤 목차를 구성할 수 있을까? 자녀들은 잘 자라서 과학자, 의사, 작가가 되었어. 본인 학력은 초등학교 졸업도 못했어. 실수할까봐 남 앞에 나서기를 좋아하지 않는 성품이야.**

⬡ 80대 여자분의 자서전을 구성할 때, 그분의 삶의 여정, 가족에 대한 헌신, 그리고 자녀들의 성공적인 성장까지 다양한 면을 포괄할 수 있는 목차를 고려할 수 있습니다. 그분이 초등학교 졸업도 못했고, 남 앞에 나서기를 좋아하지 않는 성품을 가졌다는 점을 고려하면, 이러한 경험과 감정이 그분의 삶에 어떤 영향을 미쳤는지를 탐구하는 것도 중요할 것입니다. 다음은 그러한 내용을 포함할 수 있는 자서전의 목차 예시입니다.

자서전 목차 예시

① 서문
　- 자서전을 쓰게 된 계기와 독자에게 전하고 싶은 메시지.
② 초기 삶과 교육
　- 어린 시절의 기억, 가족 배경.
　- 학교를 그만둔 이유와 초등 교육을 마치지 못한 것이 삶에 끼친 영향.
③ 가정을 이루며
　- 배우자를 만나 결혼에 이르기까지의 이야기.

– 초기 결혼 생활과 가정을 꾸리는 과정.

④ 어머니로서의 삶

　– 자녀들의 탄생과 양육 과정.

　– 자녀 교육에 대한 철학과 자녀들을 과학자, 의사, 작가로 키

　　워내기까지의 여정.

⑤ 가정 뒷바라지의 기쁨과 슬픔

　– 가족을 위해 헌신하는 삶에서 오는 기쁨과 도전.

　– 개인적인 꿈과 욕구를 뒤로한 채 가족을 우선시한 결정에 대

　　한 성찰.

⑥ 내성적인 성품과 그 영향

　– 남 앞에 나서기를 꺼리는 성격이 삶과 대인 관계에 미친 영향.

　– 내성적인 성격을 극복하거나 받아들인 경험들.

⑦ 자녀들의 성공과 어머니의 자부심

　– 각 자녀의 성장과 성공 이야기.

　– 자녀들의 성취가 본인에게 주는 의미와 기쁨.

⑧ 늦은 나이의 성찰과 깨달음

　– 삶을 돌아보며 얻은 교훈과 지혜.

　– 현재의 삶과 미래에 대한 생각.

⑨ 마치며: 나의 유산

　– 가족과 사회에 남기고 싶은 유산과 메시지.

　– 후세대, 특히 비슷한 상황에 있는 여성들에게 전하고 싶은

　　조언.

⑩ 부록

－ 중요한 가족사진, 편지, 기타 문서들.

이 목차는 그분의 삶의 전반적인 이야기를 담을 수 있는 구조를 제공합니다. 각 장에서는 개인적인 경험, 감정, 그리고 그 과정에서 얻은 교훈을 세밀하게 탐구할 수 있습니다. 자서전은 그분의 삶을 통해 가족에 대한 사랑과 헌신, 그리고 어려움을 극복하는 끈기와 지혜를 보여주는 강력한 메시지를 전달할 것입니다.

이 목차를 자기 상황에 맞게 수정한 후 글쓰기를 시작할 수 있다. 자기계발서 쓰기에서 연습한 것처럼 이번에도 목차 중 하나를 골라 글을 받아 보도록 하자. 목차6의 '내성적인 성품과 영향'에 대해 프롬프트를 만들었다.

💬 **질문(프롬프트): 목차6의 '내성적인 성품과 영향'에 대해 써 줘. 내성적 성격으로 인한 에피소드 하나를 구성해 주고 1000자 내외로 만들어 줘.**

🔾 6. 내성적인 성품과 그 영향

나는 항상 조용하고 소심한 편이었다. 어렸을 때부터 남들 앞에 서는 것을 두려워했고, 그것은 성인이 된 후에도 변하지 않았다. 그러나 어느 날, 자녀의 학교에서 열린 부모 참여 수업에 참석하게 되면서 상황이 달라졌다. 그날은 부모와 자녀가 함께 예술 작품을 만드는 활동이었고, 나는 내성적인 성격 때문에 참여를 망설였다. 그러나 나의 아이가 내 손을 꼭 잡고 함께 참여해달라고 부탁했고, 아이의 기대에 부응하고 싶어 용기를 내어 참석했다.

활동이 시작되고, 나는 점점 그 분위기에 빠져들기 시작했다. 아이와 함께 색종이를 접고, 물감으로 그림을 그리며, 나도 모르게 웃음이 떠나지 않았다. 아이의 눈빛은 빛났고, 나 또한 그 순간을 매우 즐겼다. 무엇보다 놀라웠던 것은, 나도 창의력이 있다는 것을 깨닫게 된 것이었다. 내성적인 성격이 나를 소극적으로 만들었지만, 이러한 활동을 통해 내 안에 숨겨진 재능과 가능성을 발견할 수 있었다.

그날 이후, 나는 조금씩이나마 새로운 환경과 상황에 적극적으로 참여하려 노력했다. 물론 여전히 낯선 사람들 앞에서 말하기는 어렵고, 때로는 내성적인 성격이 나를 주저하게 만들기도 하지만, 그날의 경험은 나에게 중요한 교훈을 주었다. 나의 내성적인 성품이 항상 나를 제한하는 것은 아니라는 것, 그리고 때로는 그것이 나를 새로운 세계로 이끌 수도 있다는 것을 깨달았다.

이제 나는 내성적인 성격을 부정적인 특성으로만 보지 않는다. 오히려 그것은 나를 독특하게 만들고, 때로는 예상치 못한 긍정적인 변화를 가져오는 원동력이 될 수 있다는 것을 알게 되었다. 내가 나서기를 꺼려했던 순간들이 나를 더 강하게 만들었고, 삶을 보는 새로운 관점을 제공해주었다. 내성적인 성격 덕분에 내면의 깊은 곳을 탐색할 기회를 가졌으며, 이것은 결국 나의 삶을 더욱 풍요롭게 만들어주었다.

....

chatGPT의 답안이다. 아이 학교의 부모 참여 수업에 참석했던 경험을 에피소드로 만들어 준 것을 확인할 수 있다. 필자는 에피소드에 관련하여 아무런 단서도 제공하지 않았지만 AI뮤즈는 적절한 상황을 만들어 자연스럽게 글을 만들어 주었다. 물론 일반적으로 상상할수 있는 범위의 소재이기는 하다. 그러나 너무나 막막하여 아무 생각도 떠오르지 않는다면 AI의 답안은 힌트가 될 수 있다.

한 발 더 나아가서, 말투를 주문할 수도 있다. 프롬프트에 "'-이다' 또는 '-입니다'로 어투를 통일해 줘"라고 써넣으면 된다. 심지어 아버지가 아들에게 말하는 것처럼 써 달라든가, 전체를 대화체로 구성해 달라고 주문할 수도 있다. 글을 완성한 후에는 글 전체를 프롬프트에 넣고 검토를 요구할 수 있다. 오류 문장 수정해 줘, 맞춤법 확인해 줘, 부드러운 어투로 또는 담백한 설명체로 써 줘 등 작가의 의도에 따라 프롬프트를 작성하면 AI는 깔끔하게 수정된 글을 다시 보내준다.

자서전은 대개 1인칭으로 쓰지만 시점 변용을 꾀할 수도 있다. 글쓰기에 숙련된 작가라면 주인공을 3인칭 '그'로 칭하고 작가는 전지적 시점을 유지할 수 있다. 3인칭 시점으로 자서전을 쓸 경우 독자는 주인공을 한 발 떨어진 거리에서 이해하게 되고(1인칭 시점에 비해), 좀 더 객관적 시선을 갖게 되는 효과가 있다. 어쨌든 이 모든 작업이 AI에게 프롬프트를 제시함으로써 가능한 일이다. 다만, 삶에서 무엇을 건져올릴 것인지는 인간 작가의 몫이다.

다른 글과 달리 자서전이라는 특성상, AI를 활용할 때 우려되는 점이 있다. 다음은 AI를 활용한 자서전 쓰기의 우려되는 점과 편리한 점을 요약한 것이다.

〈AI를 활용한 자서전 쓰기의 편리성과 우려되는 점〉
1) 우려되는 점
① **개인화의 부족**: AI는 개인의 깊은 감정이나 경험을 완벽하게 이해하거나 표현하는 데 한계가 있다. 따라서 자서전에 기대되는 깊이 있는 감성적 표현이 결여될 수 있다.
② **정확성과 진정성**: AI는 제공된 정보를 기반으로 글을 쓰기 때문에 개인의 기억이나 해석과 다른 방향의 답을 작성할 수 있으며, 이는 자서전의 정확성과 진정성 확보에 영향을 줄 수 있다.
③ **개인적 정보의 보안**: 자서전 작업 중 개인적인 정보를 AI와 공유해야 하는 경우, 데이터 보안과 개인정보 보호가 중요한 이슈가 될 수 있다.
④ **문체와 표현의 독특함 손실**: 개인의 독특한 문체와 표현 방식을 AI가 충분히 반영하지 못할 수 있어, 결과물이 표준화하고 일반적인 형

식에 국한할 위험이 있다. 그리하여 밋밋한 글이 만들어질 수 있다.

⑤ **문화적 뉘앙스의 누락**: AI는 특정 문화나 지역적 배경으로 인한 문맥의 미묘한 차이를 완전히 이해하고 반영하기 어려울 수 있다.

2) 편리한 점

① **시간 절약**: AI를 사용하면 글쓰기 과정에서 많은 시간을 절약할 수 있다. 타이핑이 어려운 사람이라면 프롬프트 음성 입력도 가능하다. 특히 초안 작성이나 아이디어 구조화에 효과적이다.

② **언어와 표현의 다양성**: AI는 다양한 언어 스타일과 문체를 제공할수 있어, 자서전에 다채로운 표현을 추가하는 데 도움받을 수 있다.

③ **편집 및 교정**: 문법적 오류나 오타를 자동으로 수정하고, 언어적 품질을 개선하는 데 AI는 매우 유용하다. 글을 완성한 후 AI를 통한 리뷰는 선택이 아닌 필수적 과정이라 해도 과언이 아니다.

④ **내용의 조직화**: AI는 정보를 체계적으로 조직하여, 일관된 구성의 자서전을 만드는 데 도움을 줄 수 있다.

⑤ **창의적 영감 제공**: 때로는 예상치 못한 아이디어나 문장을 제시하여 작가가 창의적 영감을 얻는 데 기여할 수도 있다.

AI를 활용해 자서전을 쓸 때는 이러한 장단점을 고려해 신중하게 접근해야 한다. 좋은 점은 활용하되, 우려되는 부분은 염두에 두고 적극적으로 대처해 나가는 글쓰기가 되어야 한다.

AI 활용,
단숨에 뚝딱!
책쓰기

4강

AI와 함께 문학적 글쓰기

에세이와 여행기

소설 쓰기

시와 시적 표현

스크립트와 대본 작성

작사 작곡

4강
AI와 함께 문학적 글쓰기

AI와 창의성의 결합은 작가들이 개척해야 할 글쓰기의 새로운 영역이다. 다음은 AI를 활용한 창의적 글쓰기의 몇 가지 사례들이다.

1. 에세이와 여행기

1) 에세이 써 줘(한 편의 글)

AI를 활용한 문장 및 문단 구성은 사용자가 제공한 키워드나 주제에 대해 자동으로 의미 있고 연관성 높은 텍스트를 생성하는 방식으로 이루어진다. '지속 가능한 기술을 주제'로 키워드를 바꿔가며 단계적으로 질문한 후 네 번째 질문에서는 완성된 에세이를 요구했다. 따라가 보자.

첫 번째 예시

질문(프롬프트): **지속가능한 기술이란 무엇인가,에 대해 써 줘.**

지속가능한 기술이란 자원을 절약하고 환경에 미치는 부정적 영향을 최소화하는 동시에 경제적으로도 효율적인 방법으로 현재와 미래 세대의 요구를 충족시킬 수 있는 기술을 말합니다. 이는 재생 가능 에너지, 효율적인 자원 관리, 오염 감소 기술과 같이 환경을 보호하고 자원을 지속 가능하게 사용하는 데 중점을 둡니다. 지속가능한 기술은 단순히 환경적 측면에만 국한되지 않고 사회적, 경제적 지속 가능성도 포함하는 광범위한 개념입니다. 이는 사회적 공정성을 촉진하고, 경제 발전을 도모하며, 모든 인류가 더 나은 삶을 누릴 수 있는 기회를 제공하는 것을 목표로 합니다. 따라서 지속가능한 기술은 기존 기술을 대체하거나 개선함으로써 장기적으로 지구와 인류에게 이로운 영향을 끼치는 혁신적인 해결책을 제공하고자 합니다.

두 번째 예시

 질문(프롬프트): **이 기술이 환경에 미치는 영향은?, 여기에 대해 써 줘.**

 지속 가능한 기술이 환경에 미치는 영향은 대체로 긍정적입니다. 이러한 기술은 자연 자원의 고갈을 방지하고, 에너지 사용을 최적화하며, 환경 오염을 줄이는 데 중점을 둡니다. 예를 들어, 재생 가능 에너지 기술은 화석 연료의 사용을 줄여 온실가스 배출을 감소시키며, 물과 공기의 질을 개선합니다. 또한, 지속 가능한 농업 기술은 토양 보전, 물의 재사용, 유해 화학물질의 사용 감소를 통해 생태계를 보호합니다. 즉, 지속 가능한 기술은 환경적 발자국을 줄이고 생물 다양성을 보호하는 한편, 우리가 사는 세계의 건강과 안녕을 장기적으로 유지하는 데 필수적인 역할을 합니다.

세 번째 예시

💬 **질문(프롬프트): 더 나아가 우리의 삶의 질 향상에 도움이 되는지에 대해 써 줘.**

🌀 지속 가능한 기술은 우리의 삶의 질 향상에 많은 도움을 줍니다. 이 기술들은 환경적으로는 오염을 줄이고 자원을 보존하는 것은 물론, 사회적으로도 건강하고 지속 가능한 커뮤니티를 만드는 데 기여합니다. 예를 들어, 재생 가능 에너지 기술은 공기 질을 개선하고, 에너지 비용을 낮추며, 기후 변화의 부정적 영향을 완화하는데 도움을 줍니다. 또한, 지속 가능한 농업 기술은 식량의 안전성을 높이고, 건강한 식품에 대한 접근성을 향상시킵니다. 스마트 기술을 활용한 지속 가능한 도시 설계는 교통 체증을 줄이고, 에너지 효율을 높이며, 도시의 생활 공간의 질을 개선합니다. 이처럼 지속 가능한 기술은 경제적, 사회적, 환경적 측면에서 혜택을 제공하여, 우리의 삶의 질을 전반적으로 향상시키는 데 기여하는 중요한 역할을 합니다.

💬 **질문(프롬프트): 위 세 가지를 통합해서 완성된 에세이를 써 줘.**

⊛ 지속 가능한 기술의 가치와 그것이 우리 삶에 미치는 영향

지속 가능한 기술은 현대 사회가 당면한 여러 환경적, 사회적 문제에 대한 해결책을 제공하는 데 중요한 역할을 합니다. 이러한 기술들은 자원을 절약하고 환경에 미치는 부정적 영향을 최소화하는 동시에 경제적으로도 효율적인 방법으로 현재와 미래 세대의 요구를 충족시키는 것을 목표로 합니다. 재생 가능 에너지, 효율적인 자원 관리, 오염 감소 기술 등은 환경 보호와 지속 가능한 자원 사용에 중점을 두고 있으며, 이는 단순히 환경적 측면에 국한되지 않고 사회적, 경제적 지속 가능성을 포함하는 광범위한 개념입니다. 사회적 공정성을 촉진하고 경제 발전을 도모하며 모든 인류가 더 나은 삶을 누릴 수 있는 기회를 제공하는 것이 이 기술들의 궁극적인 목표입니다.

지속 가능한 기술이 환경에 미치는 영향은 매우 광범위합니다. 이러한 기술은 환경을 해치지 않는 방식으로 필요한 서비스와 상품을 제공함으로써 생태계 보전과 자연 자원의 지속 가능한 사용을 가능하게 합니다. 예를 들어, 태양광과 풍력 에너지와 같은 재생 가능 에너지는 화석 연료의 사용을 줄임으로써 대기 오염을 감소시키고, 기후 변화의 영향을 완화하는 데 기여합니다. 또한, 물 절약

과 폐기물 재활용 기술은 자원의 효율적 사용을 촉진하며 환경 보호에 기여합니다.

더 나아가 이러한 기술은 우리 삶의 질을 향상시키는 데 도움을 줍니다. 지속 가능한 기술의 적용은 공기와 물의 질을 개선하고, 식량 안보를 강화하며, 에너지 비용을 절감합니다. 이는 건강과 복지의 직접적인 개선으로 이어집니다. 스마트 기술을 활용한 지속 가능한 도시 설계는 교통 체증을 줄이고, 에너지 효율을 높이며, 도시 생활의 질을 개선합니다. 이처럼 지속 가능한 기술은 경제적, 사회적, 환경적 측면에서 혜택을 제공하여, 우리의 삶의 질을 전반적으로 향상시키는 중요한 역할을 합니다.

결론적으로, 지속 가능한 기술은 단순히 환경적 책임을 넘어서 우리 모두의 더 나은 미래를 위한 필수적인 요소입니다. 이는 장기적으로 지구와 인류에게 이로운 영향을 끼치는 혁신적인 해결책을 제공함으로써, 우리가 직면한 많은 도전들에 대응할 수 있는 힘을 줍니다. 지속 가능한 기술의 발전과 적용은 계속해서 우리의 삶을 변화시킬 것이며, 이는 오늘날보다 더 밝은 내일을 약속합니다.

이처럼 AI는 주어진 주제에 대해 구체적이고 상세한 내용을 자동으로 생성하여, 글쓰기를 더욱 쉽고 빠르게 도와줄 뿐 아니라 사용자가 다양한 목적으로 활용할 수 있도록 텍스트를 제공한다. 글을 더욱 섬세하게 다듬기 위해서는 계속해서 좀 더 구체적이고 세부적인 질문을 프롬프트에 제시할 수 있고 얻어지는 chatGPT의 답을 토대로 작가가 수정을 가하여 완성도 높은 글이 되게 할 수 있다. 여기에 작가만의 독특한 시선이나 경험 등이 들어간다면 작품은 더욱 견고해질 것이다.

2) 여행기를 써 볼까

여행기에 지역의 역사나 문화 관련 내용을 넣을 경우 AI는 훌륭한 정보 제공자다. 작가는 여행지에서의 개인적 감흥에 집중한 후 필요한 자료는 AI와의 협업으로 찾아내서 한 편의 여행기를 완성할 수 있다.

💬 질문(프롬프트): **헝가리 온천 여행기를 쓰려고 해. 부다페스트에서 헤비츠 온천 가는 여정을 쓰는데, 헝가리 온천에 관련한 지질 정보와 유럽 내에서 헝가리 온천 여행의 가치, 헤비츠 온천 추천 이유, 헝가리 온천을 좋아하는 사람들의 마음까지 포함해서 여행기 부탁해.**

⊛ 헝가리 온천 여행기: 부다페스트에서 헤비츠 온천까지

헝가리는 유럽에서 온천의 나라로 불릴 만큼, 그 가치와 매력이 뛰어난 곳입니다. 부다페스트의 북쪽, 헤비츠 호수 근처에 위치한 헤비츠 온천은 헝가리 온천 문화의 진수를 보여주는 장소입니다. 이 여행기에서는 헝가리의 온천, 특히 헤비츠 온천으로의 여정을 통

해 그 곳의 지질학적, 문화적, 정서적 가치를 탐험하고자 합니다.

지질학적 배경

헝가리는 유럽 대륙에서 지열 활동이 활발한 몇 안 되는 지역 중 하나입니다. 이 나라는 판넬로니아 분지 위에 위치해 있으며, 지하 깊은 곳에서 뿜어져 나오는 열기로 인해 많은 수의 온천이 형성되었습니다. 부다페스트 자체도 세계적으로 유명한 온천 도시로, 100개 이상의 온천이 존재합니다. 그러나 부다페스트를 벗어나면, 헤비츠 온천과 같은 보석 같은 장소를 발견할 수 있습니다.

헝가리 온천 여행의 가치

유럽 내에서 헝가리 온천 여행의 가치는 그 독특한 지질학적 특성과 역사적 배경에서 비롯됩니다. 온천물은 다양한 광물을 함유하고 있어 피부 질환, 관절염 그리고 순환계 질환 등 다양한 건강 문제의 치유에 탁월한 효과를 지니고 있습니다. 또한, 이곳의 온천 문화는 로마 시대로 거슬러 올라가며, 오랜 세월 동안 다양한 문화와 전통이 축적되어 왔습니다.

헤비츠 온천의 매력

헤비츠 온천은 유럽 최대의 생물학적 활동을 하는 온천 호수로 알려져 있습니다. 헤비츠 호수의 물은 연간 온도가 일정하여 겨울에도 온천욕을 즐길 수 있습니다. 이 온천의 물은 근육 통증과 관절염에 좋은 치료 효과가 있다고 알려져 있으며, 그 치유력 때문에 전

세계에서 사람들이 찾아옵니다. 물론, 이곳의 아름다운 자연 경관과 평화로운 분위기는 방문객들에게 더욱 큰 휴식을 제공합니다.

온천을 사랑하는 이들의 마음

헝가리 온천을 방문하는 사람들은 단순히 물리적인 치유를 넘어 정신적, 감정적 안정을 찾아옵니다. 이곳의 온천은 바쁜 일상에서 벗어나 내면의 평화를 찾고자 하는 이들에게 성소와 같은 존재가 됩니다. 온천물에 몸을 담그며 눈 앞에 펼쳐진 자연의 아름다움을 바라보는 순간, 모든 걱정과 스트레스가 사라지면서 내면의 치유가 시작됩니다.

이 여정을 통해 헝가리 온천, 특히 헤비츠 온천이 유럽에서 유일무이한 치유와 휴식의 장소임을 발견하게 될 것입니다. 자연이 주는 선물을 통해 신체적, 정신적 건강을 되찾고, 온천이 주는 치유력으로 새로운 활력을 얻으세요.

···

다음은 필자가 직접 쓴 헤비츠 온천 여행기다. AI의 답변과 비교해 보자.

···

 세계 최대 자연 유황 호수, 헤비츠 온천 호수

부다페스트 세체니 온천에서 에게르와 헤비츠로 이동하기 위해 자동차를 빌렸다. 대중교통으로는 5시간 내지 7시간이 걸리는 거리지만 자동차로는 세체니에서 에게르까지 1시간 반, 에게르에서 헤비츠까지는 3시간 10분이면 닿는다.

부다페스트에서 남서쪽으로 2시간 20분을 운전하면 작고 아늑한 도시 헤비츠가 나온다. 헤비츠에는 자연이 만든 세계 최대의 유황 온천 호수가 있다. 깊이가 낮은 곳은 2미터, 최고 깊은 곳은 38미터. 전원 스티로폼 튜브를 사용하게 되어 있다. 호수 주변에는, '안전요원이 없습니다. 튜브를 가지고 들어가세요'라고 적혀 있다. 물은 두려울 정도로 투명하다. 수온은 계절에 따라 조금씩 다르지만 내가 갔을 때는 28도 정도였다. 온천에는 목욕 시설뿐 아니라 식당과 카페도 있다. 먹을 게 있으니 책 한 권 들고 가서 종일 노닥거려도 좋다.

작고 고요한 마을 헤비츠에 들어서면 길에서도 모락모락 김이 솟는다. 헤비츠 다음으로 큰 온천 호수가 발라톤 호수마을의 케스트웨이다. 역시 헝가리에 있다. 발라톤은 경치가 장관이라 하니 다음에 꼭 들러볼 일이다.

유럽 최대규모라는 세체니 온천과 에게르 소금 온천을 거치고 연이어 유황온천이라니 이런 호사가 또 있나…. 피부는 연이은 온천욕으로 말할 수 없이 보드랍다.

저녁을 맞는 헤비츠다. 앙상한 겨울나무 사이로 해가 진다. 온천

욕을 끝낸 나는 이 길을 따라 숙소로 돌아간다. 작은 마을이라 호텔이 없다. 동네의 살림집 한 채를 게스트 하우스로 빌렸다. 길바닥 곳곳에서 하얀 김이 피어오른다.

-명진, 「온천 맛집, 헝가리」 중 일부

다녀온 사람^{필자}의 글과 정보만 갖고 쓴 글의 차이가 보인다. 위 AI가 쓴 글은 지질, 온천수의 특징 등 객관적인 정보와 일반적 사실만을 바탕으로 작성되어 생명력이 결여된 느낌이다. 아래 글은 현장에서 느낄 수 있는 내용이 포함되어 있다. 독자들은 보다 생생함을 느끼며 여행기를 즐길 수 있을 것이다. AI가 써 준 글을 무턱대고 발표해서는 안 되는 이유이기도 하다. AI와 함께 여행기를 쓸 때는 정보를 얻되 생명을 불어 넣는 작업(인간 작가의 몫)을 놓치지 말아야 한다. 어쨌든 정보 요구가 많은 글은 AI를 활용할 때 더욱 쉽게 작성할 수 있음을 보여 주는 예다.

2. 소설 쓰기

1) 플롯을 제시한 경우

AI는 플롯 아이디어 생성, 캐릭터 개발, 심지어 전체 이야기의 초안 작성을 도울 수 있다. 예를 들어, 작가가 주요 플롯 포인트를 입력하면 AI는 여러 가능한 시나리오를 제안하여 작가가 선택하고 확장할 수 있도록 한다.

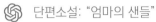

질문(프롬프트): **그림을 매우 잘 그리는 여자 주인공. 집안이 가난해서 미대 진학을 포기하고 2년제 대학교 졸업 후 스스로 학비 벌고 장학금 타서 미대 편입하여 4년까지 마침. 엄마와의 갈등으로 집에서 멀리 떨어진 곳으로 대학 진학. 그 후 혼자 지내면서 엄마를 그리워함. 엄마의 사랑을 깨달음. 어버이날에 커플 샌들을 사서 엄마에게 보냄. 이 내용으로 긍정적이고 따뜻한 톤의 단편소설 초안 부탁해.**

단편소설: "엄마의 샌들"

지은은 그림을 그리며 세상을 이해했다. 어린 시절부터 색연필은 그녀의 손과 마음을 이어주는 다리였다. 하지만 지은의 가족은 그녀의 미술 대학 진학을 지원할 여유가 없었다. "미술가의 꿈은 배고픈 직업"이라며 엄마는 항상 걱정했다. 지은은 가족의 반대에 부딪혀 2년제 대학에 진학했고, 그곳에서도 그림을 멈추지 않았다.

대학에서 보낸 2년 동안 지은은 카페에서 일하고 장학금을 받으며 학비를 모았다. 그녀의 노력은 결실을 맺었고, 드디어 꿈에 그리던 미대에 편입할 수 있었다. 그러나 엄마와의 갈등은 깊어만 갔다. 엄마는 지은이 안정적인 직업을 찾길 바랐고, 지은은 자신의 열정을 따르고 싶었다. 결국 지은은 엄마와의 관계를 멀리 하며, 집에서 멀리 떨어진 대학에 진학하기로 결정했다.

새로운 시작은 외로웠다. 지은은 혼자 생활하며 자유를 만끽했지만, 동시에 엄마가 얼마나 소중한 존재인지 깨달았다. 엄마의 따뜻한 밥상, 부드러운 목소리, 그리고 가끔 보여주던 엄격한 사랑까지 모두 그리웠다. 지은은 그림을 통해 그리움을 달랬다. 그녀는 엄마와의 추억을 캔버스에 담았고, 그림은 지은의 마음을 엄마에게 전달하는 편지가 되었다.

어버이날이 다가오자 지은은 특별한 선물을 준비하기로 했다. 그녀는 엄마와 함께 걸을 수 있는 커플 샌들을 골랐다. 샌들에는 "함께 걷고 싶어요, 엄마"라는 메시지를 새겼다. 선물을 포장하며 지은은 눈물을 흘렸다. 엄마에게 보낼 선물과 함께, 지은은 자신의 그림 몇 점을 더 넣었다. 그 중 하나는 엄마와 함께 공원을 걷는 모습을 담은 그림이었다. 그림 속에서는 두 사람이 서로를 바라보며 웃고 있었다.

선물을 받은 엄마는 눈물을 감추지 못했다. 오랜 시간 동안 말로 표현하지 못했던 사랑과 이해의 메시지가 그 선물과 그림들 속에 담겨 있었다. 엄마는 전화를 걸어 "고맙다, 지은아. 엄마도 너와 함께 걷고 싶단다"라고 말했다.

그날 이후, 지은과 엄마의 관계는 점차 따뜻해졌다. 지은은 미대를 졸업하고 자신만의 길을 걸었지만, 엄마는 언제나 지은의 가장 큰 지지자였다. 지은은 자신의 삶과 예술 속에서 엄마의 사랑을 늘 느낄 수 있었다. 그리고 지은은 알게 되었다. 진정한 사랑은 늘 가까이에 있으며, 때로는 한 쌍의 샌들처럼, 서로를 향해 걸어가는 용기에서 시작된다는 것을.

....

필자의 질문이 계속된다.

💬 질문(프롬프트): **엄마와 지은의 갈등 장면 에피소드 넣어 줘. 이 부분은 대화체로 써 줘.**

....

⊛ 엄마와 지은이 거실에서 서로 마주 보고 앉아 있었다. 바깥은 이미 어두워졌고, 집 안에는 긴장감이 흐르고 있었다.

엄마는 한숨을 쉬며 입을 열었다. "지은아, 엄마가 무슨 말을 하는지 이해해야 해. 너도 알다시피 우리 집 형편으로 너를 미대 보내기는 어려워."

지은은 고개를 끄덕이며 답했다. "알아요, 엄마. 하지만 저는 정말 그림을 그리고 싶어요. 미술을 공부하는 것 외에는 상상할 수 없어요."

엄마의 눈빛이 강해졌다. "그림 그리는 것만으로 살아갈 수 있다고 생각해? 실용적인 것을 배워야 미래가 있단다. 미술은 취미로도 충분해."

지은의 목소리에 약간의 떨림이 섞였다. "하지만 엄마, 제 꿈을 포기할 수는 없어요. 저도 알바하고 장학금도 받을 거예요. 제가 스스로 길을 찾을 수 있게 도와주세요."

엄마는 잠시 말없이 지은을 바라보았다. "지은아, 엄마는 네가 힘들어하는 모습을 보고 싶지 않아. 미술로 성공한다는 보장도 없는데..."

지은은 간절히 말했다. "엄마, 저는 그림을 통해 제 이야기를 하고 싶어요. 제 꿈을 이루기 위해 노력하는 것이 저에게는 중요해요. 엄마도 제 선택을 이해해주셨으면 해요."

이 대화 후로 어느 정도 시간이 지나서야 엄마와 지은은 서로의 입장을 조금씩 이해하기 시작했다. 이 갈등의 장면은 둘 사이의 긴장과 오해, 그리고 사랑과 이해의 복잡한 감정을 담고 있었다.

....

이어서 필자가 다시 질문한다.

💬 질문(프롬프트): **좀 더 현실감 있게, 지은이가 엄마에게 반발하는 어투로 써 줘.**

엄마는 주방 탁자에 앉아 심각한 표정으로 지은을 바라보았다. "지은아, 네가 미술을 좋아하는 건 알지만, 그걸로 먹고살 수 있을지 걱정이야. 제발 좀 현실적으로 생각해봐."

지은은 눈빛을 빛내며 엄마에게 말했다. "현실적으로 생각하라고요? 저 현실을 모르는 줄 아세요? 저도 알아요, 쉽지 않다는 거. 하지만 저는 제 꿈을 포기할 수 없어요!"

엄마가 타이르듯 말했다. "꿈을 쫓는 것도 좋지만, 안정적인 직업도 중요해. 미술학교에 다녀서 뭐하게? 나중에 직업이라도 제대로 구할 수 있을까?"

지은은 소리를 높였다. "그게 왜 안될까요? 제가 노력하면 충분히 할 수 있어요. 왜 제 꿈을 이해해 주려 하지 않으세요? 저는 단지 제가 사랑하는 일을 하고 싶을 뿐이에요!"

엄마는 한숨을 쉬며 말했다. "지은아, 엄마가 널 이해 못하는 건 아니야. 하지만 엄마는 네가 힘들어하고 싶지 않아. 네가 후회하는 모습을 보고 싶지 않아."

지은이 감정이 격해져서 말했다. "후회는 제가 할 일이에요, 엄마. 실패하더라도 제가 선택한 길이라면, 저는 그걸 받아들일 준비가 되어 있어요. 엄마가 항상 걱정만 하지 말고, 제 선택을 믿어주셨으면 좋겠어요."

이 순간, 두 사람 사이의 감정은 최고조에 달했고, 대화는 더욱 진실된 감정의 교환으로 이어졌다. 지은의 강한 반발과 엄마의 걱정이 교차하며, 이들 사이의 복잡하고 진솔한 관계를 드러냈다.

....

이쯤에서 미니 단편 소설을 써 보도록 하자. 필자는 두 번째 갈등 장면 답변을 선택한 뒤 위 소설에 삽입해서 초안을 잡았다.

....

✏️ 단편: 엄마의 샌들

지은은 그림을 그리며 세상을 이해했다. 어린 시절부터 색연필은 그녀의 손과 마음을 이어주는 다리였다. 하지만 지은의 가족은 그녀의 미술 대학 진학을 지원할 여유가 없었다.

엄마는 주방 탁자에 앉아 심각한 표정으로 지은을 바라보았다. "지은아, 네가 미술 좋아하는 건 알지만, 그걸로 먹고 살 수 있을지 걱정이야. 제발 좀 현실적으로 생각해봐." 지은은 눈빛을 빛내며 엄마에게 말했다. "현실적으로 생각하라고요? 저 현실을 모르는 줄 아세요? 저도 알아요. 쉽지 않다는 거. 하지만 저는 제 꿈을 포기할 수 없어요!"

엄마가 타이르듯 말했다. "꿈을 쫓는 것도 좋지만, 안정적인 직업도 중요해. 그림 그려서 뭐하게?"

지은은 소리를 높였다. "그게 왜 안될까요? 제가 노력하면 충분히 할 수 있어요. 왜 제 꿈을 이해해 주려 하지 않으세요? 저는 단지 제가 사랑하는 일을 하고 싶을 뿐이에요!"

엄마는 한숨을 쉬었다. "지은아, 엄마가 널 이해 못하는 건 아니야. 하지만 엄마는 네가 힘들어하는 걸 보고싶지 않아. 네가 후회하는 모습을 보고싶지 않다고."

지은이 감정이 격해져서 말했다. "후회는 제가 할 일이에요, 엄마. 실패하더라도 제가 선택한 길이라면 저는 그걸 받아들일 준비가 되어 있어요. 엄마가 항상 걱정만 하지 말고, 제 선택을 믿어주면 좋겠어요."

두 사람의 감정은 최고조에 달했다. 결국 지은은 가족의 반대에 부딪혀 2년제 대학에 진학했고, 그곳에서도 그림을 멈추지 않았다.

대학에서 보낸 2년 동안 지은은 카페에서 일하고 장학금을 받으며 학비를 모았다. 그녀의 노력은 결실을 맺었고, 드디어 꿈에 그리던 미대에 편입할 수 있었다. 그러나 엄마와의 갈등은 깊어만 갔다. 자신의 결정을 따르고 싶었던 지은은 집에서 멀리 떨어진 대학으로 가버렸다.

새로운 시작은 외로웠다. 지은은 혼자 생활하며 자유를 만끽했지만, 동시에 엄마가 얼마나 소중한 존재인지 깨달았다. 엄마의 따뜻한 밥상, 부드러운 목소리 그리고 가끔 보여주던 엄격한 사랑까지 모두 그리웠다. 지은은 그림을 통해 그리움을 달랬다. 그녀는 엄마와의 추억을 캔버스에 담았고 그 그림은 지은의 마음을 엄마에게 전달하는 편지가 되었다.

어버이날이 다가오자 지은은 특별한 선물을 준비하기로 했다. 그녀는 엄마와 함께 걸을 수 있는 커플 샌들을 골랐다. 샌들에는 "함께 걷고 싶어요 엄마"라고 새겼다. 선물을 포장하며 지은은 눈물을 흘렸다. 엄마에게 보낼 선물과 함께, 지은은 자신의 그림 몇 점을 더 넣었다. 그 중 하나는 엄마와 함께 공원을 걷는 모습을 담은 그림이었다. 그림 속에서는 두 사람이 서로를 바라보며 웃고 있었다.

선물을 받은 엄마는 눈물을 감추지 못했다. 오랜 시간 말로 표현하지 못했던 사랑과 이해의 메시지가 그 선물과 그림들 속에 담겨 있었다. 엄마는 전화를 걸었다. "고맙다 지은아. 엄마도 너와 함께 걷고 싶단다"라고 말했다.

....

어설프지만 짧은 소설 한 편, 초안이 나왔다. 작가는 계속해서 필요한 질문을 추가해 소설을 완성해 나갈 수 있다. 다음은 우리가 경험하지 못한 미래 세계를 배경으로 한 소설을 구상해 보자.

2) 스토리텔링부터 문학작품 생성까지

– 미래도시에서의 모험

AI를 활용해 스토리텔링을 해 본다. 가정해 볼 주제는 '미래도시에서의 모험'이다. 여기서 AI는 스토리의 구조, 캐릭터 개발, 대화 생성 등 여러 면에서 도움을 줄 수 있다. AI는 우선 이야기의 주제와 키워드를 선정할 것이고, 수집한 데이터를 분석하여 이야기의 전개 방향을 결정할 것이다. 그런 후 문장과 문단 생성을 하게 된다.

💬 **질문**(프롬프트): **'미래도시에서의 모험'으로 소설을 쓴다면 어떤 이야기가 가능할까?**

....

⊛ 〈스토리 개요〉

주인공은 2124년의 미래 도시에 살고 있는 젊은 발명가다. 이 도시는 첨단 기술과 AI가 일상생활에 깊숙이 통합되어 있다. 주인공은 실수로 고대 유물을 발견하게 되고, 이를 계기로 도시의 숨겨진 비밀을 파헤치기 시작한다.

....

〈AI 뮤즈 활용〉

(1) **캐릭터 생성**: AI는 주인공과 주변 인물들에 대한 세부적인 배경과 특성을 생성한다. 예를 들어, 주인공의 성격, 과거의 경험, 전문 지식 등을 자세히 정리한다.

(2) 플롯 개발: AI는 스토리의 주요 사건들을 구성하고, 각 사건이 어떻게 연결되는지를 제안한다. 이를 통해 긴장감 있는 스토리 라인을 만들 수 있다.

(3) 대화 생성: AI는 캐릭터 간의 대화를 자연스럽게 생성하여, 스토리에 생동감을 더한다. 각 캐릭터의 개성과 스토리 상황을 반영한 대화를 만들어 낸다.

(4) 설정과 배경 설명: AI는 미래 도시의 환경, 기술, 사회적 배경 등에 대한 상세한 설명을 제공한다. 이는 독자가 스토리의 세계에 더 몰입할 수 있게 한다.

(5) 스토리 수정 및 개선: AI는 스토리의 일관성, 흥미도, 명확성을 분석하고 개선 방향을 제시한다.

이런 방식으로 AI는 스토리텔링 과정을 지원하며, 창작자가 더 풍부하고 매력적인 이야기를 만들어 낼 수 있도록 돕는다. 작가는 AI의 도움으로 복잡하고 다층적인 스토리를 효과적으로 구성할 수 있다. AI는 상상하기 어려운 100년 후의 세계를 거대한 데이터를 통해 분석하고 유추하여, 흥미롭고 그럴듯한 세계를 창조해 낸다. AI가 생성한 이야기를 바탕으로 작가는 자기만의 상상력을 만들어 나갈 수가 있다.

〈문학작품 생성〉

이번엔 이 스토리로 생성한 AI 작가의 소설을 감상해 볼 차례다. AI의 글쓰기를 처음 접하는 독자라면 놀랄 준비를 단단히 해야 할 것이다. '미래 도시에서의 모험'을 주제로 생성한 소설이다. 제목부터 심상치 않다.

💬 **질문**(프롬프트): **미래도시의 모험을 주제로 소설 써 줘.**

....

 시간의 조각

2124년, 첨단 도시 셀레스티아. 발명가 엘라는 기술의 진보 속에서 새로운 발명품을 꿈꾸며 살아가고 있었다. 도시는 놀라운 기술로 가득 차 있었으며, 사람들은 이전 세대가 상상조차 할 수 없었던 방식으로 생활하고 있었다.

엘라의 작업실에서 발견된 고대 상자는 그녀의 호기심을 자극했다. 상자에는 이해할 수 없는 고대 문자가 새겨져 있었고, 엘라는 이 상자가 특별한 무언가를 숨기고 있다고 확신했다.

상자를 연구하던 중, 엘라는 그것이 시간을 조작할 수 있는 능력을 가진 유물임을 발견했다. 그녀는 상자를 이용해 과거로의 여행을 시도하고, 셀레스티아의 창립자인 알렉산더 코르벨리우스의 과거를 목격했다.

엘라가 발견한 진실은 충격적이었다. 코르벨리우스는 자신의 이상향을 실현하기 위해 시간을 조작했다. 역사의 진실을 바꾸어, 기술로만이 아닌 권력으로도 도시를 지배하고 있었다.

엘라는 이 사실을 셀레스티아 시민들에게 알려야 한다고 결심했다. 그녀는 상자를 공개하고 코르벨리우스의 비밀을 폭로했다. 사람들은 처음에는 그녀의 말을 믿지 못했지만, 점차 진실이 밝혀지면서 충격에 빠졌다.

이 사건 이후 셀레스티아는 크게 변화했다. 기술에만 의존하던 도시는 이제 사람들의 의지와 결정에 더 많은 중점을 두게 되었다. 엘라는 이 변화의 중심에 서 있었다. 그녀는 발명가로서의 경력을 계속 이어가며 새로운 기술을 개발했다. 하지만 이번에는 단순히 기술의 효율성이 아닌, 인간과 사회에 미치는 영향을 고려하며 발명을 진행했다.

엘라는 또한 셀레스티아의 젊은이들에게 영감을 주는 멘토가 되었다. 그녀는 자신의 경험을 바탕으로 젊은 발명가들에게 혁신은 책임감을 동반해야 한다고 가르쳤다.

엘라의 이야기는 셀레스티아뿐만 아니라, 다른 도시에도 퍼져나갔다. 그녀의 용기와 진실을 향한 결단은 많은 이들에게 영향을 미쳤다. 셀레스티아는 이제 과거의 그림자를 벗어나 새로운 미래를 향해 나아가고 있었다. 엘라는 이 새로운 미래가 자신이 꿈꾸던 세상과 더 가깝다고 느꼈다. 그녀는 자신의 발명과 교육을 통해 이 새로운 세상을 더욱 아름답게 만들기 위해 계속 노력했다.

필자는 질문을 추가했다.

💬 **질문(프롬프트): 엘라가 새로운 세상을 더 아름답게 만들기 위해서 노력하는 모습과 모험에 대한 에피소드를 넣어줘.**

🌀 엘라와 잊혀진 공원

엘라는 셀레스티아의 번화한 중심가에서 벗어나, 오래된 공원으로 향했다. 이곳은 한때 도시의 녹색 허파였지만, 기술의 발전과 함께 사람들의 관심에서 멀어져 잊혀진 곳이 되어버렸다. 엘라는 이 잊혀진 공원을 되살리기로 결심했다.

공원에 도착한 그녀는 시들어 가는 나무들과 마르고 갈라진 땅을 바라보며 깊은 안타까움을 느꼈다. 엘라는 기술과 자연의 조화를 이루며 이 공간을 새롭게 변화시키기 위해 계획을 세웠다. 그녀는 먼저 공원에 에너지 효율이 높은 태양광 패널과 물 재활용 시스템을 설치했다. 이 시스템은 공원에 필요한 에너지를 제공하고, 물 부족 문제를 해결하는 데 도움을 주었다.

다음으로 엘라는 토양 개선과 식물 재배에 집중했다. 그녀는 특별히 설계된 로봇을 사용하여 토양을 개선하고, 건강한 식물을 심었다. 이 로봇들은 식물의 성장을 모니터링하고 필요한 영양분과 물을 정확하게 공급했다.

또한, 엘라는 공원 곳곳에 인터랙티브한 교육 공간을 마련했다. 이곳에서 어린이들은 식물과 환경에 대해 배우며 자연의 중요성을 이해할 수 있었다.

수개월의 노력 끝에, 공원은 다시 생명력을 되찾았다. 새로운 식물들이 자라났고, 도시민들은 이곳에서 평온과 자연의 아름다움을 다시 찾을 수 있었다. 엘라의 이 프로젝트는 셀레스티아에 기술과 자연이 조화롭게 공존할 수 있음을 보여주었다. 이 모험을 통해 엘라는 셀레스티아의 미래를 위한 새로운 비전을 갖게 되었다. 그녀는 기술이 단순히 발전을 위한 수단이 아니라, 삶의 질을 향상하고 환경을 보호하는 데에도 중요한 역할을 할 수 있음을 깨달았다.

엘라의 노력은 많은 이들에게 영감을 주었고, 셀레스티아는 더욱 지속 가능하고 아름다운 도시로 변모하게 되었다. 그녀의 이야기는 기술과 자연의 조화가 가능하다는 희망의 메시지를 전달하며, 미래 세대에게도 계속 이어지게 되었다.

더 많은 질문을 통해 남은 분량은 상세한 묘사와 추가적인 사건으로 채울 수 있으며, 엘라의 모험과 셀레스티아의 변화를 통해서 자연과 기술이 깊이 조응하는 모습을 그리게 된다. 마지막 질문으로 셀레스티아의 이미지를 요구해 봤다.

> 💬 **질문(프롬프트): 미래도시, 셀레스티아는 더욱 지속 가능하고 아름다운 도시로 변모하게 되었다. → 여기에 맞는 이미지 줄 수 있을까?**

🌀 (사진을 보내왔다.)

3) 판타지 소설
AI 뮤즈가 생성한 소설을 한 편을 더 감상하자.

💬 **질문(프롬프트): 판타지 느낌의 소설을 쓰고 싶어.**

⬡ 소설 쓰기 예시는 다음과 같이 시작될 수 있습니다:

빌린의 마음속에는 항상 이상한 도시가 자리 잡고 있었다. 그곳은 고대의 무언가를 간직한 듯, 비현실적인 색채로 물든 골목과 빛나는 노을 아래에서도 그림자가 길게 드리워진 거리로 이루어져 있었다. 그는 매일 저녁, 눈을 감고 그 도시를 거닐곤 했다. 그곳의 공기는 향기로웠고, 바람은 미지의 언어로 속삭였다. 그리고 그 도시에는 한 소녀가 살고 있었다. 그녀는 늘 같은 장소, 고대 도서관의 너른 창가에 서서 바깥을 내다보곤 했다.

어느 날, 빌린은 꿈에서 깨어나지 못했다. 그의 의식은 그 비밀스러운 도시에 갇혀 버린 것이다. 그는 도서관의 문을 열고 안으로 들어섰고, 소녀는 그를 알아보는 듯한 눈빛으로 그를 바라보았다. "너는 누구니?" 소녀의 목소리는 온화했지만, 그 안에는 수수께끼 같은 뉘앙스가 담겨 있었다.

빌린은 말을 잇지 못했다. 그는 이곳에 대한 모든 기억이 꿈인 줄 알았으나, 이제 그것이 현실이라는 것을 인지하게 되었다. 소녀는 미소를 지으며 그에게 손을 내밀었다. "나는 이 도서관의 수호자야. 여기 있는 모든 이야기는 내가 지키는 것들이지."

그 순간, 빌린은 깨달았다. 그가 밤마다 꿈꾸었던 이야기들은 모두 이 도서관에 살아 숨 쉬고 있었으며, 이제 그는 그 이야기들의 일부가 되어야 한다는 것을. 그리고 그 이야기는 바로 지금, 그의 손을 잡은 이 소녀와 함께 시작되었다.

....

이 예시는 AI 글쓰기 도구의 가상 캐릭터 생성 능력과 풍부한 상상력을 결합하여, 소설의 초안을 생성하는 방법을 보여준다. 작가는 이 초안을 기반으로 캐릭터와 플롯을 더 발전시키고, 장면을 세부적으로 묘사하여 완성도 높은 작품을 창조해 낼 수 있다. AI는 이러한 창작 과정에서 무한한 가능성을 제공하며, 작가가 상상한 세계를 현실로 옮기는 데 큰 도움을 준다.

3. 시와 시적 표현

AI는 적당한 감정과 아름다운 이미지를 담은 시를 작성할 수 있다. AI는 주어진 감정이나 이미지에 대해 다양한 시적 표현을 생성하고, 작가는 이 중에서 영감을 얻어 자신의 작품을 완성할 수 있다.

1) 상황을 제시했을 때

💬 질문(프롬프트): **'엄마의 샌들'**을 생동감 있고 감동적인 서정시로 써 줘.

"엄마의 샌들"

색연필 다리, 꿈을 그리다
학비의 벽, 높고 멀리.
카페 불빛 아래, 장학금의 꿈,
미대 문턱 넘어, 소녀는 걷다.

엄마의 걱정, 갈등의 불씨,
멀어진 길, 혼자의 자유.
그리움 속에 엄마를 그리다,
사랑은 캔버스에, 마음에 스미다.

어버이날, 커플 샌들로
"함께 걷고 싶어요." 마음을 전하다.
엄마의 눈물, 따뜻한 목소리,
가까워진 마음, 사랑으로 다가서다.

미대 졸업, 자신의 길을 걷다,
엄마의 사랑, 늘 그녀를 비추다.
진정한 사랑, 한 걸음에 시작,
서로를 향해, 용기로 걷다.

2) 이미지를 제시했을 때 ①

AI에게 사진이나 그림 이미지를 보여주고 영감을 떠올리도록 할 수도 있다. 필자는 AI에게 명령하여 짧은 시를 쓰도록 했다. 물론 반대로, 글을 주고 적당한 이미지를 얻을 수도 있다. 아래 예시는 이미지를 제공한 경우다.

💬 **질문(프롬프트): 이 이미지에 맞는 시를 써 줘. 강렬한 느낌으로 5줄 넘지 않도록.**

⟳ 검은 까마귀, 고요히 앉아,

오래된 기와 위의 군주.

그의 눈은 새벽을 응시하고,

세상의 속삭임을 듣는다.

가만히, 세상의 그림자를 흔들다.

💬 **질문(프롬프트): 조금 더 서정적으로 바꿔 줘.**

....

🤖 어떤 응답을 선호하십니까?

(응답1)

기와 위 작은 그림자,

까마귀 한 마리 고요히 자리하네.

눈부신 햇살 아래 그의 눈동자,

숲의 속삭임, 바람에 실려 오고.

한 조각 세상, 그 날개 아래 조용히 숨쉬네.

(응답2)

기와 위 작은 그림자, 까마귀가 앉았네,

은빛 아침에 숲의 침묵을 지키며.

눈빛에 담긴 세상, 조용히 숨 쉬고,

나지막이 노래하네, 새벽의 서곡을.

잠든 숲속, 깊은 고요 속으로.

....

필자의 질문에 chatGPT는 놀랍게도 두 가지 응답을 보내왔다. "어떤 응답을 선호하십니까?"라는 질문과 함께 말이다. 이번엔 응답 두개를 다시 AI에게 프롬프트로 제시하고 이미지를 요구했다.

| 응답1의 이미지 | 응답2의 이미지 |

처음에 필자가 제시했던 이미지와 다소 달라졌지만, 오히려 더 구체적인 이미지를 얻을 수 있었다.

다른 이미지를 하나 더 제시해 본다. 이번에는 미리 캐리커처를 생성한 후 이 캐리커처 이미지에 맞는 제목을 부탁했다.

3) 이미지를 제시했을 때 ②

💬 **질문(프롬프트): 이 이미지에서 영감을 떠올려 시를 쓴다면 어떤 제목이 좋을까?**

응답1을 보고 필자는 무릎을 쳤다. 제목이 기발하지 않은가. 머리가 큰 남자와 엉덩이가 큰 여자 그림을 보고 이렇듯 우회적인 제목을 제시하다니!

이번엔 필자가 시를 쓰고 AI 뮤즈가 이미지를 생성하도록 했다.

4) 시를 제시한 후 이미지를 요구할 때

질문(프롬프트): **아래 시에 어울리는 이미지 찾아줘.**

제목: 변기(명진 지음)

당신의 오물이나 받아 낸다고

나를 괄시하지 마세요

나 아니면 당신도

별수 없어요

🌀 (두 장의 이미지를 생성해 보내주었다)

이러한 사례들은 AI가 단순한 자동화 도구를 넘어 창의적 프로세스의 진정한 파트너로 기능할 수 있음을 보여 준다. 작가는 AI 뮤즈와 함께 창의적 글쓰기의 가능성을 확장하고, 차원이 다른 예술적인 비전을 실현할 수 있게 된다.

4. 스크립트와 대본 작성

AI는 대화 생성, 장면 전환, 스토리 진행에 대한 아이디어를 제공함으로써 스크립트와 대본 작성을 지원한다. 또한, 캐릭터 간의 상호작용을 시뮬레이션하여 작가가 대화의 자연스러움을 평가할 수 있게 해준다.

💬 **질문(프롬프트): 지은이 얘기를 대본으로 써 줘. 대화를 넣어서.**

⬡ 대본: "엄마의 샌들"

\# 등장인물

– 지은: 꿈 많은 미술 학생.

– 엄마: 지은의 엄마, 지은의 꿈을 걱정하는 마음이 큼.

– 카페 사장: 지은이 아르바이트하는 카페의 사장.

\# 장면 1: 지은의 방

(그림 생성 AI: Dall-E)

(지은이 그림을 그리고 있다. 엄마가 방에 들어온다.)

엄마: 지은아, 또 그림이야? 학교는 어때?

지은: (그림에서 눈을 떼지 않으며) 학교는... 괜찮아요, 엄마. 그림 그리는 게 저를 행복하게 해요.

엄마: (한숨을 쉬며) 너도 알다시피 우리가 너를 미대에 보낼 여유가 없어. 안정적인 직업을 찾는 게 어때?

지은: (단호하게) 미술이 제 인생이에요, 엄마. 카페에서 일하면서 학비도 벌고 있잖아요. 꿈을 포기할 순 없어요.

(엄마는 걱정스러운 눈빛으로 지은을 바라보고 방을 나간다.)

장면 2: 카페

(그림 생성 AI: Dall-E)

(지은이 카페에서 일하고 있다. 카페 사장이 다가온다.)

카페 사장: 지은아, 네가 그린 그림들 정말 멋지더라. 너 미대 가고 싶다며?

지은: 네, 사장님. 근데 학비가 문제라서요...

카페 사장: (미소 지으며) 네가 이렇게 열심히 일하는 걸 보면 뭐든 할 수 있을 거라고 믿어. 장학금도 찾아봐. 포기하지 마.

장면 3: 지은의 방, 어버이날 아침

(그림 생성 AI: Dall-E)

(지은이 커플 샌들을 포장하고 있다. 엄마에게 전화를 건다.)

지은: (전화를 걸며) 엄마, 어버이날 선물 보냈어요. 받으면 바로 연락해주세요.
엄마: (전화기 너머로) 뭐, 선물이라니... 네가 고생하는 걸 알면서 어떻게...
지은: (미소 지으며) 엄마도 저도 건강하게 오래오래 함께 걸을 수 있길 바라면서요. 사랑해요, 엄마.

(전화를 끊고, 지은은 선물을 바라보며 혼자 미소 짓는다.)

장면 4: 엄마의 집

(그림 생성 AI: Dall-E)

(엄마가 선물을 열어 커플 샌들을 꺼낸다. 샌들과 함께 지은의 그림이 들어있다.)

엄마: (눈물을 글썽이며) 지은이가... 이렇게까지…
(엄마는 지은에게 다시 전화를 건다.)
엄마: 지은아, 선물 받았어. 너무 고마워. 엄마도 네가 그린 그림처럼 너와 함께 걷고 싶단다.
지은: (눈물을 참으며) 정말요? 엄마, 나도 엄마랑 같이 걷고 싶어요. 곧 집에 갈게요.

(둘은 행복한 목소리로 대화를 나눈다.)

다음 두 가지 이미지 중 오른쪽은 엉뚱한 이미지다. AI가 보기 좋게! 실수를 했다.

장면 5: 카페

(그림 생성 AI: Dall-E)

(지은이 미대 합격 소식을 카페 사장에게 전한다.)

지은: 사장님, 미대 합격했어요!

카페 사장: 축하해, 지은아! 네 꿈을 향한 노력이 결실을 맺었구나.

네가 언제나 행복하길 바란다.

(지은은 감사의 미소를 지으며 카페를 나선다.)

장면 6: 지은과 엄마의 만남

(지은이 졸업 후 집으로 돌아온다. 엄마와 포옹을 나눈다.)

엄마: (지은을 꼭 안으며) 너무 보고 싶었어, 지은아.

지은: 저도요, 엄마. 여기까지 올 수 있게 도와줘서 고마워요.

(둘은 서로를 바라보며 행복해한다.)

장면 7: 마무리 나레이션

(지은의 성공적인 미술 전시회 장면으로 전환하며, 나레이션으로
마무리한다.)

나레이션: 지은의 꿈은 그녀의 끈기와 열정, 그리고 엄마의 사랑이
있었기에 이루어졌다. 샌들은 그들의 사랑과 꿈의, 함께 걷는 여정
의 상징이 되었다. 모든 꿈은 사랑으로부터 시작되어, 사랑 속에
서 꽃피운다.

(화면이 어두워지며 대본이 끝난다.)

눈치챈 독자가 있을 것이다. AI 뮤즈는 앞에 있는 사람과 대화를 주고받듯, 이전에 나눈 질문과 얘기를 기억할 수 있다. 그래서 질문자가 그에 이어지는 질문을 할 때 적절한 답을 보여줄 수 있다. 필자는 '엄마의 샌들'을 다시 제시하는 대신 '지은의 얘기'를 대본으로, 또 시로 써 달라고 주문했던 것이다.

이 대본은 영상으로도 제작가능하다.

오픈AI의 Sora소라를 이용해 본다. 소라는 직접 영상 제작을 하지 못하고 구체적인 영상 계획을 세워준다. 이 계획을 Text to Video MakerOpenAI에게 프롬프트로 입력하면 1분짜리 무료 영상을 얻을 수 있다. 이후 Sora는 자연어 프롬프트만으로 영상을 구현하는 단계로까지 나아갈 계획이지만 현재까지 필자가 시도한 바로는 스크립트 기획을 해 주는 단계에 와 있다.

〈이미지 기반으로 동영상을 생성할 수 있는 추천 AI〉

(1) RunwayML: 이 도구는 다양한 AI 모델을 제공하여 이미지, 비디오, 텍스트 등을 이용한 창의적인 프로젝트를 손쉽게 만들 수 있도록 한다. 사용자 친화적인 인터페이스와 강력한 기능을 제공한다.

(2) Artbreeder: Artbreeder는 주로 이미지를 합성하여 새로운 이미지를 만드는 데 사용되지만, 여러 이미지를 결합하여 애니메이션 형태의 짧은 동영상을 만드는 기능도 제공한다.

(3) DeepArt: 이 플랫폼은 특정 예술 스타일을 이미지에 적용하는 것으로 유명하지만, 연속된 이미지에 같은 스타일을 적용하여 비디오 형태로 만들 수 있다.

(4) Lumen5: 이 도구는 AI를 사용하여 텍스트 콘텐츠를 동영상으로 자동 변환한다. 주로 소셜 미디어 및 마케팅 비디오 제작에 유용하다.

(5) Synthesia: AI 기반 비디오 제작 플랫폼으로, 사용자가 제공한 텍스트를 바탕으로 실제 인물이 말하는 것처럼 보이는 동영상을 생성할 수 있다.

(6) Sora: 가장 최근 대중에게 공개된 오픈AI에서 만든 텍스트 기반 비디오 생성기다. 필자가 시도해 본 것 중 가장 사용이 쉽다. 대사를 입력하면 1~2분짜리 영상을 만들어 주고 완성된 영상 편집도 가능할 전망이다.

이 도구들은 모두 이미지나 텍스트를 기반으로 동영상을 생성하는 데 특화되어 있으며, 사용자의 필요에 따라 선택할 수 있다.

5. 작사 작곡

AI는 주어진 멜로디나 주제에 맞는 가사를 작성하는 데에도 활용할 수 있다. 작가는 AI가 제안한 가사로부터 영감을 받아 감성적 메시지를 전달하는 가사를 창작할 수 있다. 물론 가사를 제시하고 작곡을 요구할 수도 있다.

필자의 시를 AI에게 주고 작곡을 부탁해 봤다. 아래 노래는 음악 생성 AI 중 SUNO.AI수노를 통해 만들었다. 수노는 리듬에 적절하도록 시구詩句를 변경하기도 했다. 필자의 유튜브에 올려둔 영상 링크를 남겨 둔다.

💬 질문(프롬프트): 아래 시에 적당한 멜로디를 만들어줘. 발라드 K-Pop 스타일로.

제목: '골드문트를 사랑한다' (명진 작시)

소녀 적에

헤르만 헤세의 '지와 사랑'을 읽었다

나는 지금도 나르치스 보다는 골드문트를 사랑한다

완벽한 삶이란 얼마나 고통스런 일이며 두려운 일인가?

우리

흔들리며 가는 인생이거늘

태생이 소극적이라

이성의 노예로 살고 있지만

때론 무모함을 위해서도 내닫고 싶던 걸…

 suno.AI:

https://www.youtube.com/watch?v=0kk_7Z9oXZU

제목: 지와 사랑, 작시 이명진, 작곡 Suno.AI, 노래 AI 뮤즈

(AI가 만든 노래를 필자의 유튜브에 올려두었다. 휴대전화 카메라로 이 큐알코드를 찍으면 노래를 들을 수 있다. 유튜브 링크로도 확인할 수 있다.)

가사를 기반으로 멜로디를 만들어 주는 인공지능AI 응용 프로그램 이나 서비스는 음악 창작 분야에서 매우 흥미로운 발전을 보이고 있 다. 이러한 서비스는 사용자가 입력한 가사에 멜로디를 자동으로 생 성해 주어, 음악가나 작사가들이 아이디어를 실현하는 데 도움을 준 다. 몇 가지 주목할 만한 AI 기반 음악 생성 플랫폼은 다음과 같다.

〈음악 생성 플랫폼 몇 가지〉

(1) AIVAArtificial Intelligence Virtual Artist: 주로 클래식 음악 작곡에 초점 을 맞춘 AI로, 사용자가 제공한 가이드라인에 따라 곡을 만들 수 있 다. 비록 직접 가사를 입력해 멜로디를 생성하는 기능은 제한적일 수 있으나, 감성적이고 복잡한 구조의 음악을 만드는 데 강점을 보인다.

(2) Amper Music: 사용자가 설정한 몇 가지 매개변수(예: 장르, 기분,

기간)에 기반하여 음악을 생성한다. 가사 입력을 직접적으로 지원하지는 않지만 사용자가 원하는 음악의 분위기를 선택하여 멜로디를 만들 수 있다.

(3) Humtap: 스마트폰 사용자를 위해 설계된 AI로서 사용자의 노래와 탭으로 멜로디와 리듬을 생성할 수 있게 해준다. 가사를 바탕으로 한 멜로디 생성에도 일정 부분 사용될 수 있다.

(4) Boomy: 사용자가 간단한 방식으로 고유한 음악을 만들 수 있도록 해주며 몇 번의 클릭만으로 곡을 생성한다. 가사를 기반으로 한 멜로디 생성에는 직접적으로 적용되지 않지만, 사용자가 만든 멜로디에 가사를 얹는 데 사용될 수 있다.

(5) Suno.AI: 가사를 입력하면 1분짜리 곡을 생성할 수 있고, 다시 요구해서 완성된 노래full song로 받을 수 있다.

이외에도 다양한 스타트업과 기업들이 AI를 활용한 음악 생성 툴을 개발 중이며, 이 분야는 빠르게 발전하고 있다. 앞으로 더 많은 AI 음악 생성 플랫폼이 등장할 것으로 기대된다. 이들을 이용해 원하는 장르의 음악을 만들 수 있고 다운로드할 수도 있다. 각각의 특징과 유료 무료 버전이 있으므로 자기에게 맞는 선택을 해야 한다.

AI 활용,
단숨에 뚝딱!
책쓰기

5강

글감 포착하기

일상의 의미
의식의 전환
글감 발견의 예

5강
글감 포착하기

　글감은 글쓰기의 첫걸음이자 가장 중요한 원천이다. 좋은 글감은 주변의 평범한 사물에서도 찾을 수 있다. 사실, 우리의 일상생활은 끝없는 영감으로 가득 차 있다. 글감을 포착하는 능력은 관찰력, 호기심 그리고 생각을 깊게 파고들 수 있는 능력에서 비롯된다. 이러한 능력은 타고난 것일 수도 있지만, 무엇보다도 지속적인 연습과 경험을 통해 키워나갈 수 있다.

　일상에서 글감을 찾기 위해서는 우선 주변 세계에 대한 관심을 넓히고, 사물이나 사건에 대한 새로운 시각을 개발해야 한다. 예를 들어 평범하게 보이는 의자 한 개도 그 의자의 역사, 디자인 편리성, 그것을 사용하는 사람들의 이야기 또는 그 의자가 놓인 공간의 분위기 등 다양한 관점에서 접근할 수 있다. 일상의 사물이나 사건을 다양한 각도에서 바라보려는 노력은 풍부한 글감을 발견하는 데 중요하다.

　호기심을 갖고 세상을 탐험하는 것도 글감찾기에 주효하다. 새로운 지식을 탐구하고, 다양한 경험을 추구하며, 평소 무관심했던 분야에 대해 배우려는 자세는 글쓰기의 소재를 넓히는 데 크게 기여한다. 책을 읽거나 영화를 보고, 여행을 다니면서 마주치는 모든 경험은 글쓰기의 소재가 될 수 있다.

이러한 관찰과 호기심을 바탕으로 글감을 기록하는 습관을 들이는 것도 중요하다. 작은 노트나 스마트폰의 메모 앱을 활용해 일상에서 마주치는 아이디어나 생각을 즉시 기록해 두면, 나중에 글쓰기를 할 때 유용하게 활용할 수 있다. 때로는 예상치 못한 순간에 영감이 찾아오기 때문에 언제 어디서나 기록할 준비가 되어 있어야 한다.

글감 포착의 능력은 깊은 관찰력, 끊임없는 호기심 그리고 일상 속 순간들을 기록하는 습관에서 발전한다. 글쓰기를 위한 소재는 우리 주변에 무궁무진하게 존재한다. 이러한 소재들을 발견하고 활용하는 능력은 글쓰기의 질을 높이고, 독자들에게 새로운 시각과 생각을 제공하는 데 결정적인 역할을 한다.

1. 일상의 의미

글을 쓰는 사람에게 일상은 그저 일상이어서는 안 된다. 우리의 일상은 따지고 보면 하나도 특별하지 않은 게 없다. 일상을 헤쳐 보고 뒤집어 보는 노력이 필요하다. 그러다 보면 어제 같은 오늘이 특별하게 보이는 순간이 온다. 바로 그때가 글이 태동하는 순간이다.

2. 의식의 전환

글을 쓰고자 한다면, 사물이나 주변에서 벌어지는 사건을 대할 때 작가적 의식을 가질 필요가 있다. 관심 갖고 보면 주변의 사건과 사물은 어느 것 하나 이유 없이 존재하지 않는다. 그 존재들의 이유, 어떤 일의 본질을 탐구하다보면 어느덧 일상은 일상이 아닌 것으로 다가온다. 독창적 인식을 갖기 위해서는 어떤 경험을 포착하고 사실을 치밀하게 꿰뚫어 볼 수 있어야 한다. 그런 후 포착한 재료로 무엇을 말할 것인지 따져봐야 한다. 생각도 훈련이다. 생각하는 연습을 통해 사고 근육이 강화한다. 이것이 작가로의 의식 전환이다.

일상 속 작은 순간들은 끝없는 영감의 보고다. 이 순간을 포착할 수 있는 사람과 무의미하게 지나치는 사람, 전자를 작가요, 후자를 작가 지망생이라 하겠다.

지금 방 안에 앉아 있다면 주변을 둘러보자. 필자의 방에는 옷장과 거울이 있고, 책상과 의자가 있다. 의자 위에는 티셔츠가 걸려 있고 책상 위에는 컵이 놓여 있다. 이 모든 게 사고력의 도구다. 이제 소재를 하나씩 나열하고 소재들을 탐구하며 생각을 확장한다.

독자 여러분의 이해를 돕기 위해 아래의 방 안 풍경 이미지를 AI(DALL.E: 이미지 생성 AI 도구)를 통해 받았다.

　방 안에는 거울 속에 비친 나, 의자 위에 걸쳐진 티셔츠와 옷가지 등이 보인다. 이제 이것들로 어떻게 사고가 확장하는지 살펴보자. 예시 글은 chatGPT-4가 생성했다.

예시1: 거울 속에 비친 나

💬 **질문(프롬프트): 거울 속에 비친 나를 소재로 글을 써 줘.**

🌀 거울 속에 비친 나는, 마치 또 다른 세계의 문을 열어주는 마법 같은 존재다. 아침 햇살이 방 안을 가득 메울 때, 거울 앞에 서면 그 속의 나는 어제와는 조금 다른 모습으로 반겨준다. 시간의 흐름에 따라 변화하는 나의 모습을 보며 때로는 놀라기도 하고, 때로는 기뻐하기도 한다.

그러나 거울 속의 나는 단순히 외모의 반영이 아니다. 그 속에서 나는 내면의 나와 마주한다. 거울은 내가 어떤 사람인지, 어떤 생각을 하고 있는지, 어떤 감정을 느끼고 있는지를 비춰준다. 기쁨, 슬픔, 두려움, 희망 같은 감정들이 거울 속에서 더 선명하게 드러난다.

어떤 날은 거울 속의 나를 보며 자신감을 얻기도 한다. 내가 이룬 성취들, 극복해 낸 어려움들을 떠올리며 스스로에게 격려의 말을 건넨다. 다른 날에는 거울 속의 나와 진지한 대화를 나누며, 내가 가진 두려움이나 의심에 대해 솔직하게 마주한다. 이런 순간들은 나 자신을 더 깊이 이해하고, 내 삶을 더욱 풍요롭게 만들어 준다.

거울 속의 나는 변화무쌍하다. 때로는 나를 도전하고, 때로는 나를 위로한다. 그 속에서 나는 내 삶의 주인공이자, 가장 친한 친구를 발견한다. 거울은 나에게 끊임없이 질문을 던진다. "오늘 당신은 어떤 사람이고 싶나요?" 매일 아침, 거울 속의 나와 마주할 때마다 나는 새로운 답을 찾아간다. 그 속에서 나는 계속해서 성장하고, 발전하며, 삶의 의미를 탐색한다. (chatGPT 생성)

거울 속에 비친 나는 나의 반영일 뿐만 아니라, 나의 여정과 내면의 세계를 탐험할 수 있는 기회다. 그 속에서 나는 진정한 자아를 발견하고, 삶의 무한한 가능성을 깨닫는다. 거울 앞에 서는 순간마다, 나는 더 넓은 세계로 한 걸음 더 나아간다는 내용이 생성되었다.

예시2: 의자 위에 걸쳐진 티셔츠

 질문(프롬프트): 의자 위에 걸쳐진 티셔츠를 소재로 글 한 편 부탁해.

....

의자 위에 걸쳐진 티셔츠는 평범한 일상 속에서도 깊은 사고를 자극하는 물건이 될 수 있다. 그것은 단순히 옷이라는 기능을 넘어서, 우리 삶의 일부분을 상징하는 존재로 변모한다. 이 티셔츠가 왜 이곳에 있는지, 누구의 것인지, 어떤 이야기를 간직하고 있는지에 대한 질문은, 우리가 무심코 지나치는 일상의 순간들 속에서 숨겨진 의미와 가치를 탐색하게 만든다.

이 티셔츠는 어쩌면 바쁜 일상 속에서 잠시 쉬어가는 순간을 대변할 수도 있다. 주인공이 이 옷을 고른 것은 그날의 기분이나 계획에 따른 것일 테고, 결국 의자 위에 걸쳐 두었다는 것은 무언가 예정이 변경되었거나, 다른 우선순위가 생겼다는 뜻일 수 있다. 이 작은 변화는 우리의 계획과 현실 사이에서 발생하는 끊임없는 조율과 타협을 상기시킨다.

또한, 이 티셔츠는 관계의 연결고리 역할을 할 수도 있다. 어쩌면 친구나 가족 구성원이 빌려 입고 간 것일 수 있으며, 그 사실 자체가 서로 간의 신뢰와 애정을 나타낸다. 의자 위의 티셔츠 하나가 이처럼 서로를 생각하게 만드는 매개체가 되어, 관계의 중요성과 함께하는 삶의 아름다움을 일깨워준다. (chatGPT 생성)

....

의자 위에 걸쳐진 티셔츠는 단순한 물건이 아니라, 우리 삶의 다양한 층위와 깊이를 반영하는 거울과도 같다. 우리는 이 티셔츠를 통해 일상 속 작은 것들에서 큰 의미를 찾아내고, 삶의 복잡함 속에서도 가치와 아름다움을 발견할 수 있다. 이 글 「의자 위에 걸쳐진 티셔츠」는 우리에게 사소한 것이라도 주의 깊게 바라보고 생각할 때, 삶이 얼마나 풍부해질 수 있는지를 상기시키는 글이 되었다.

3. 글감 발견의 예

글감을 잡는 것은 작품의 구조와 내용을 미리 계획하는 데 도움이 된다. 다음은 글을 쓰기 위해 생각해 볼 수 있는 다양한 주제와 구성안 예시다.

① 일상에서 찾은 이야기의 가치
   – 일상 속 작은 순간들에서 영감을 받아 수필 쓰기로 이어질 수 있다.

예시:

봄날의 점심, 창가에 앉아 나른한 햇살을 맞으며 나는 근처 나무에서 장난치는 다람쥐를 보았다. 그 작은 생명체는 민첩하게 가지를 옮겨 다니며 뭔가를 간절히 찾는 듯했다. 그 모습이 우리 인간의 삶과 그리 다르지 않아 보였다. 우리 역시 각자의 삶 속에서 무언가를 추구하며 때로는 높은 가지로, 때로는 낮은 흙으로 이동한다.

(chatGPT 생성)

··

② 잃어버린 시간을 찾아서

　– 과거의 추억과 현재의 삶 사이에서 시간의 가치와 중요성을 되짚어

　　보는 여정.

예시:

··

　　어린 시절, 나는 시골의 작은 마을에서 여름밤 별빛 아래 술래잡기

　를 하곤 했다. 그때는 세상의 모든 시간이 우리 것인 것만 같았다.

　성장하여 도시의 빠른 리듬 속에서 숨가쁘게 살아가는 지금, 그 무

　한하던 시간은 한정된 자원이 되었다. 휴대폰의 알람 소리에 깨어

　나고, 마감일은 언제나 빠르게 다가오며, 소중한 사람들과 보내는

　시간은 늘 부족하다.

　그러나 가끔은 그 별이 총총한 밤하늘로 여행을 떠나곤 한다. 그리고

　문득, 시간의 흐름 속에서 우리가 잊고 있는 것은, 시간의 길이가 아

　니라 그 깊이라는 것을 깨닫는다. (chatGPT 생성)

··

③ 작은 것들의 속삭임

　– 자연의 작은 요소들, 예를 들어 나뭇잎이나 물방울에서 영감을 받아

삶의 소중함을 탐구하는 에세이가 가능하다.

예시:

가을의 마지막 나뭇잎이 바람에 몸을 맡기며, 천천히 나른한 춤을
추듯 지상으로 내려온다. 그 잎사귀가 닿는 순간, 땅은 새로운 삶
의 이야기를 쓸 준비를 한다. 아침 이슬은 잎사귀에 머무는 잠시,
햇살에 반짝이며 세상의 무수한 가능성을 비춘다. 이 물방울들은
섬세한 존재의 힘을 일깨우며, 빛나는 순간의 가치를 깨닫게 한다.
(chatGPT 생성)

④ 길 위에서
- 여행 중 만난 사람들, 경험한 사건들을 통해 자기 발견과 성장 과정
을 담은 이야기를 쓸 수 있다.

예시:

하와이에서 돌아오는 비행기 안, '비비안'이라는 이름의 백인 할머
니와 나란히 앉게 되었다. 우리는 짧은 시간 동안 많은 이야기를 나
누었다. 멀리 떼어 놓은 아이들 때문에 걱정이 태산인 내게 그녀는
이런 말을 해 주었다. "아이들이 실수하지 못하도록 하는 것은 아
이들 인생을 반쪽으로 만드는 거랍니다. 우리도 실수하며 배우고

어른이 되었잖아요?" (글: 명진)

⑤ 책과의 대화
– 읽은 책들과의 대화를 통해 얻은 지식, 감동 그리고 삶의 변화에 대한 성찰을 글로 쓸 수 있다.

예시:

헤르만 헤세의 소설 『데미안』 속에서 발견한 문장이다. "새는 알을 깨고 나온다." 삶이란 결국, 끊임없이 자신의 알을 깨고 나가는 연속된 순간들의 집합이다. (chatGPT 생성)

⑥ 사진 한 장의 이야기
– 한 장의 사진에서 시작되는 이야기를 통해 과거와 현재 그리고 미래를 연결하는 시간 여행도 훌륭한 글감이다.

⑦ 음악과 함께한 시간
– 마음이 심란할 때 우리는 음악을 듣고 위로 받기도 한다. 마음이 행복으로 가득할 때도 음악으로 인해 기쁨 충만한 감정이 증폭되기도 한다. 이런 때의 감정을 포착하여 하나의 글을 완성할 수도 있다.

예시:

 존 레논의 곡 〈Imagine〉은 부드러운 피아노 선율 위에 이상향을 노래한다. 작은 변화가 큰 파장을 일으킬 수 있다는 믿음을 갖게 하는 가사는, 공산주의국가 체코에 전해져 민주주의를 상징하는 노래가 된다. 프라하에는 민주주의를 열망하는 사람들의 낙서가 쓰인 벽이 있다. 레논 벽이다. (글: 명진)

6강

좋은 문장 쓰기의 기술

단문으로 간결하게 쓴다
명확성과 간결성을 위한 전략
문장의 리듬과 소리

6강
좋은 문장 쓰기의 기술

    좋은 문장을 쓰는 기술은 글쓰기의 핵심이며, 강력한 커뮤니케이션을 위해 필수적인 요소다. 문장 구성의 기본 원리를 이해하고, 명확성과 간결성을 추구하며, 문장의 리듬과 소리에 주의를 기울이는 것은 효과적인 글쓰기를 위한 기본적인 전략이다.

    필자는 글쓰기에 앞서 chatGPT에게 먼저 물었다.

💬 **질문(프롬프트): '좋은 문장 쓰기 기술'에 대해 알려 줘.**

🤖 좋은 문장을 쓰기 위한 기술은 분명하고 간결한 표현을 중심으로 합니다. 첫째, 주제에 집중하고 독자의 관심을 끌 수 있는 강력한 개시 문장을 사용하세요. 둘째, 불필요한 수식어는 피하고, 명확하고 구체적인 단어 선택으로 의미를 분명히 전달하세요. 셋째, 문장의 리듬을 고려하여 독자가 읽기 편안하도록 만드세요. 넷째, 다양한 문장 구조를 사용하여 흥미를 유지하고, 읽는 이의 예측을 피하세요. 다섯째, 강한 동사를 사용하여 문장에 활력을 불어넣으세요. 여섯째, 목소리가 분명하고 일관된 톤을 유지하여 글에 개성을 부

여하세요. 일곱째, 문장 사이의 연결을 강화하여 아이디어의 흐름을 자연스럽게 만드세요. 마지막으로, 교정과 편집을 통해 문장을 다듬고, 정확성을 보장하세요. 좋은 문장은 생각을 명확하고 유려하게 전달하는 데 중요한 역할을 하며, 이는 연습과 의식적인 노력을 통해 발전시킬 수 있습니다.

매우 정리가 잘 된 답변이다. 독자 여러분은 이제 필자의 서술을 읽을 필요가 없을지도 모르겠다. 하하하. 필자는 이제부터 chat GPT-4의 의견을 참고하여 '좋은 문장 쓰기의 기술'에 관해 이야기하고자 한다. 어려운 부분은 계속해서 AI뮤즈의 도움을 받으며 쓸 작정이다.

1. 단문으로 간결하게 쓴다

문장은 생각을 전달하는 기본 단위로, 주어와 동사를 중심으로 구성된다. 각 문장은 완전한 생각을 담고 있어야 하며, 독자가 쉽게 이해할 수 있도록 명확하게 표현되어야 한다. 문장을 구성할 때는 간결하고 직접적인 표현을 사용하는 것이 좋으며, 불필요한 형용사나 부사, 문장을 쓸데없이 길게 만드는 수식어나 관용구는 최소화하는 것이 바람직하다.

비문은 여러 가지 형태로 나타난다. 주어와 술어가 일치하지 않거나, 한 문장 안에 시제가 다르거나 시제 중첩되는 경우도 비문이다. 다른 사람의 글을 첨삭하다 보면 독해가 힘들 지경으로 비문을 쓰는 사람이 의외로 많다. 비문을 줄이기 위해서 여러 번 읽고 퇴고하는 수고를 아끼지 말아야 한다. 되도록 짧게 쓰는 것도 비문을 줄이거나 피하는 요령이다.

단문의 대가, 헤밍웨이

단문으로 유명한 작가 중 하나는 어니스트 헤밍웨이Ernest Hemingway다. 헤밍웨이는 간결한 문체와 직접적인 표현으로 잘 알려져 있으며, 그의 작품은 명확성과 간결성의 훌륭한 예를 보여준다. 헤밍웨이의 문체는 '얼음산 이론Iceberg Theory'으로 불리기도 하는데, 이는 표면에 보이는 것보다 많은 의미가 숨겨져 있다는 것을 의미한다. 작가가 직접적으로 말하지 않은 부분을 독자가 추론하게 만드는 이러한 스타일은 헤밍웨이의 작품을 독특하게 만든다.

헤밍웨이의 단편소설 「킬리만자로의 눈Snows of Kilimanjaro」은 그의 간결한 문체가 잘 드러나는 작품 중 하나다. 이 단편소설에서 헤밍웨이는 몇 마디 말로 등장인물의 복잡한 내면세계와 그들이 처한 상황을 효과적으로 전달한다. 예를 들어, 작품의 시작 부분에서 헤밍웨이는 다음과 같이 쓴다.

"He lay in the bed and looked out of the window at the foot of the mountain."

(그는 침대에 누워서 산 아래 창밖을 바라보았다.)

이 문장은 간결하지만, 등장인물의 상황과 그의 심리적 상태에 대한 힌트를 제공한다. 문장은 단순해 보이지만 그 안에 깊은 의미와 감정이 담겨 있기 때문이다. 독자는 간결한 문장을 통해 등장인물의 경험과 감정에 더 깊이 공감하게 된다.

헤밍웨이의 작품을 통해 우리는 간결한 문장이 강력한 표현 수단이 될 수 있음을 본다. 그의 글은 단어 하나하나가 무게를 지니며, 간결한 문장 구조 속에서도 깊은 의미를 전달하는 능력이 있다. 이러한 스타일은 헤밍웨이를 단문의 대가로 만들었으며, 글쓰기에서 명확성과 간결성의 중요성을 잘 보여준다.

어니스트 헤밍웨이는 장편이나 단편소설로 유명하지만 수많은 산문과 수필도 남겼다. 그의 산문은 생각, 여행 경험, 전쟁에 대한 견해, 글쓰기에 대한 자신의 철학 등 다양한 주제를 다룬다.

그는 자신의 글쓰기에 대해 다음과 같이 말한 바 있다.

"Write hard and clear about what hurts."

(고통을 강하고 명확하게 쓰라.)

chatGPT에게 이 문장을 쓴 헤밍웨이의 의도를 물었다.

 질문(프롬프트): 헤밍웨이가 이 말을 한 의도를 충분히 설명해 줘.

헤밍웨이가 "Write hard and clear about what hurts"라고 말한 것은 글쓰기에 대한 그의 접근 방식을 강조하는 말입니다. 헤밍웨이는 직설적이고 간결한 문체로 유명한데, 이 말은 그의 문체철학을 단적으로 보여줍니다. 여기서 "hard"는 감정의 깊이와 솔직함을, "clear"는 명료성과 간결함을 나타냅니다.

그의 의도는 작가가 자신의 글에 진정성을 담아야 한다는 것을 강조하는 데 있습니다. 아픔과 고통은 인간의 기본적인 감정 중 하나이며, 이러한 감정을 글에 담을 때, 작가는 가장 솔직하고 원초적인 감정을 표현할 수 있습니다. 헤밍웨이는 작가가 자신의 개인적인 경험, 특히 아픔을 통해 독자와 깊은 공감대를 형성할 수 있다고 믿었습니다. 이를 통해 독자는 작가의 경험을 공유하고, 글의 감정적 진실성에 더 깊이 몰입할 수 있습니다.

또한, 헤밍웨이는 글쓰기를 통해 고통을 이해하고, 때로는 극복하는 수단으로 보았을 수도 있습니다. 그렇기에 작가는 자신의 고통을 명확하게 이해하고 표현함으로써 독자에게 강력한 메시지를 전달할 수 있습니다. 이러한 방식으로 글쓰기는 단순한 이야기 전달을 넘어서 치유와 성찰의 도구가 될 수 있습니다.

결국 헤밍웨이가 말하고자 한 것은, 작가가 진정으로 느끼는 것, 특히 아픔과 같은 강렬한 감정을 숨기지 말고, 그것을 글로 표현할 때는 강렬하고 분명하게 표현해야 한다는 것입니다. 그것이 글을 통해 독자의 마음을 움직이는 방법이라고 그는 믿었습니다.

이 말은 헤밍웨이의 글쓰기 스타일을 잘 대변한다. "고통을 강하고 명확하게 쓰라." 그의 글은 복잡하고 어려운 주제도 간결하고 이해하기 쉬운 방식으로 쓰여 있다. 솔직하고 명확한 어휘의 힘일 것이다.

솔직하고 명확한 어휘의 힘을 보여 주는 예시글 하나를 보자. 다음은 필자의 수필 「파피, 그 결핍의 결정_{結晶}」 중 일부다. 이 글은 산문집 『인식의 깊이, 삶의 너비』 안에 수록되어 있다.

💬 **질문(프롬프트): 아래 글이 헤밍웨이가 말한, hard 하고 clear 하다고 볼 수 있는지 분석해 줘.**

식물의 생장에는 알맞은 물과 햇살이 필요하다. 그러나 사막이라는 태

생적 불리함을 안은 이들에게 선택지는 많지 않다. 선택의 여지가 없다는 것은 한계를 의미하고 한계는 결핍의 다른 이름이 된다. 사막에는 수분이 턱없이 부족하고 햇살은 눈부심을 넘어 가학적이다. 이 극심한 불균형 속에서 살아 남기 위해 사막 식물은 자구책을 쓴다. 줄기를 굵게 발달시켜 수분을 저장하거나 오히려 퇴화시켜 수분의 필요를 억제하는 것이다. 사막의 꽃들에 유난히 가시가 많은 것도 수분증발에서 살아남기 위한 조치다. 우리가 아는 많은 선인장이 다 이렇게 살아간다. 선인장을 필두로 사막의 꽃들도 특징이 있다. 꽃잎이 도톰하고 유난히 빛깔이 선명하다는 점이다. 파피도 여린 가지와 달리 주황빛이 매혹적이다. 가시가 많거나 줄기가 변형된 것은 그렇다 치고 이 유혹적인 꽃빛은 어떻게 설명해야 할까.

아무도 돌보지 않는 척박한 토양, 쉴 그늘 한 점 없는 메마른 땅에서 피어나는 꽃들이다. 이들이 다음 세대에도 살아남기 위해서는 응당 나비와 벌의 부침이 필요했을 것이다. 시샘이 어디 사람에게만 있을까. 사람의 이치로 보자면 바람 좋고 그늘 좋은 곳에 사는 꽃보다 이 사막의 꽃들은 더욱 보암직하고 매력적이어야 하지 않았을까 생각되는 것이다. 결핍은 욕망의 배면이므로.

결핍이란 삶의 복선이다. 치명적 매혹은 치명적 결핍에서 오지 않던가.

-이성숙, 「파피, 그 결핍의 결정結晶」 중에서

이 글은 헤밍웨이의 "Write hard and clear about what hurts"라는 말과 상당히 부합합니다. "hard"하게 쓴다는 것은 감정의 깊이를 솔직하게, 때로는 가차 없이 드러내는 것을 의미하고, "clear"하게 쓴다는 것은 명확하고 이해하기 쉽게 표현하는 것을 말합니다. 이 글에서 저자는 사막의 식물들이 처한 환경적 결핍과 그들이 살아남기 위해 취한 생존 전략을 통해, 살아남기 위한 치열함과 아름다움의 필연성을 드러냅니다.

저자는 강렬한 언어를 사용하여 환경적 결핍이 어떻게 살아남는 동력이 되는지를 설명합니다. "가학적인 햇살"이나 "가시가 많은 것도 수분증발에서 살아남기 위한 조치"와 같은 표현은 사막 환경의 가혹함을 "hard"하게 전달합니다. 또한, "사막의 꽃들에 유난히 가시가 많은 것", "꽃잎이 도톰하고 유난히 빛깔이 선명하다"와 같은 구체적인 묘사는 "clear"하게 정보를 전달합니다.

마지막 문단에서는 "결핍이란 삶의 복선이다. 치명적 매혹은 치명적 결핍에서 오지 않던가."라는 문장으로 철학적인 성찰을 제공함으로써, 간결하고 명확하게 강력한 메시지를 전달합니다. 이는 헤밍웨이가 말한 글쓰기의 기술을 잘 보여줍니다.

따라서 이 글은 강렬하고 명확한 방식으로 식물의 생존 전략과 인간의 욕망에 대한 깊은 통찰을 전달하고 있으며, 헤밍웨이가 강조한 글쓰기의 원칙을 잘 따르고 있다고 볼 수 있습니다.

헤밍웨이의 산문 스타일을 경험하고 싶다면, 『A Moveable Feast』(한글판 제목: 파리는 날마다 축제)를 추천한다. 이 책은 파리에서의 그의 젊은 시절을 회고하며, 당시 예술가들과의 만남, 글쓰기에 대한 그의 고민과 발전 과정 등을 담고 있는 산문집이다. 헤밍웨이의 개인적 경험과 생각을 엿볼 수 있다.

간결한 문장의 예로 국립국어원에서 최근 발표한 보도자료를 읽어보도록 하자. AI 환경에서 한국어가 자연스럽게 활용될 수 있도록 하겠다는 국립국어원의 취지가 잘 나타나 있다. 이 보도문은 중요한 내용을 가장 먼저 쓰고 세부적 설명을 추가해 쓰는 형식을 취해 읽는 이가 첫 문단만 읽고도 글 내용을 짐작할 수 있게 한다. 대부분의 기사와 공지글이 이런 형태를 취한다. 사실 전달 기능에 충실한 글이므로 군더더기 없이 간결한 문장으로 구성되어 있다.

단문 예시 1:

 국립국어원이 한국어 잘하는 인공지능 개발을 위해 나선다.

국립국어원(원장 장소원)은 지난 3월 26일 인공지능 관련 중소기업 관계자들과 간담회를 갖고 생성형 인공지능 시대를 맞아 국어원의 역할에 대한 현장의 목소리를 들었다. 참석자들은 인공지능이 생산해 내는 말과 글이 국민의 언어생활에 미치는 영향을 언급하며, 국립국어원이 한국어와 한국문화를 담은 언어 자원을 계속 구축하고 공개함으로써, 한국어와 한국문화를 보전하고 확산할 수 있도록 노력해야 한다는 점을 강조했다.

이날 중소기업 관계자들은 초거대언어모델LLM을 이용하여 언어 자료를 구축하거나 서비스를 개발하면서 느낀 점을 솔직히 밝혔다. 이들은 생성형 인공지능이 다양한 분야에 적용될 수 있도록 다양한 도메인의 고품질 한국어 데이터 구축이 중요해졌다는 의견을 피력했다. 특히 국어원이 한국어 전문성을 살려 한국어의 숫자고유어·한자어, 관계가족 관계, 순우리말 등 한국어와 한국문화를 설명하는 정보를 입력한 말뭉치를 구축하고, 한발 더 나아가 국민의 국어능력 향상을 위한 인공지능 글쓰기 첨삭과 국어 생활 상담 등의 대국민 서비스를 목표로 한 다양한 고품질 말뭉치를 구축해 줄 것을 주문했다.

 또한 이들은 영어권 언어모델을 활용하여 생성한 결과물이 한국의 사회 문화를 담아내지 못한다는 점을 지적하며, 한국인에게 맞는 인공지능 서비스를 개발하기 위해서는 한국의 언어문화와 사회, 역사를 설명하는 언어 자료가 계속해서 구축되어야 하는 점을 강조했다.

한편 이날 참석자들은 인공지능으로 생성한 언어 자료를 인공지능 기술 개발에 활용하는데 '프롬프트 엔지니어링(인공지능이 생성한 언어 자료를 반복적으로 평가하고 지시문을 수정하는 작업 등)'을 통해 품질을 개선하고 있다고 말했다. 그러나 한국어 잘하는 인공지능 개발에는 사람의 말과 글로 구성된 양질의 한국어 말뭉치가 필수적이라고 강조했다.

국립국어원 장소원 원장은 "현장의 목소리를 통해 생성형 인공지능이 산업계에 미치는 영향력을 실감할 수 있었다."라고 말했다. 장 원장은 "앞으로도 국어원은 한국의 언어문화를 담은 말뭉치를 구축하는 한편, 한국어를 더욱 편리하게 사용할 수 있는 인공지능 서비스가 개발될 수 있도록 언어 자료를 계속해서 구축하고 공개하겠다."라고 밝혔다.

-출처: 공공누리, 국립국어원 언어정보과

이규태, 니이체 등도 강력한 단문으로 성공한 작가들이다.

여담이지만, 필자는 대학교 때 조선일보 '이규태 코너'를 읽고 스크랩하면서 문장을 배웠다. 따뜻한 시선과 칼날처럼 번뜩이는 문장, 반전으로 울림을 주는 서술 기법은 문학도였던 필자에게 교본 같은 것이었다. 그런 연유인지 2020년, 그의 소천 소식을 접했을 때 나는 스승을 잃은 듯 먹먹하기도 했다.

웹사이트, 조선일보 동북아연구소(https://nk.chosun.com)에 들어가면 이규태 코너를 다시 읽을 수 있다.

단문으로 성공한 작품의 예시로 J. K. 롤링의 판타지 소설『해리 포터』도 말할 수 있다. 이 소설은 전 세계적으로 큰 인기를 끌며 다양한 연령대의 독자들에게 사랑받았던 작품이다. 그 외 고전 작품 중에서 단문으로 짧고 강력한 메시지를 전달하는 작품 몇 가지를 소개한다. 안톤 체홉의「약혼」은 인간 심리와 사회적 상황을 잘 묘사하고 있고, 오스카 와일드의「행복한 왕자」「나이팅게일과 장미」 등은 동화로 어린이를 위한 작품이면서도 어른들에게도 깊은 울림을 주는 글로 평가받는다. 오 헨리의「마지막 잎새」「크리스마스 선물」과 같은 단편들 역시 인간성에 대한 따뜻한 통찰과 예상치 못한 반전을 선사하며 시대를 넘어 꾸준히 사랑받는 작품들이다. 아래 예시는「마지막 잎새」 마지막 단락이다.

단문 예시2: 오 헨리의「마지막 잎새」 중에서

 그는 자기 침대에 누워 있었다. 바닥은 젖고 차가웠다. 베란다를 둘러싼 창문은 열려 있었다. 누군가 그에게 먼 곳에서 오지 않았는지 물었다. "아니요", 그의 친구는 말했다. "마지막 잎새는 여전히 그대로예요. 비가 와서 바람이 불었음에도 불구하고 아직도 거기 있어요. 그것은 베렌의 마지막 그림입니다. 아흔일 동안, 그는 밤낮으로 그림을 그렸습니다."

이 단락은 소설의 중요한 반전을 드러내는 부분이다. 주인공 베렌의 헌신과 용기를 통해 친구 존시의 생명을 구하는 이야기를 완성한다. 작품 전체를 통해 보여주는 인간의 의지와 예술에 대한 열정을 상징적으로 보여주는 대목인데, 간결한 문장으로 일관하고 있다.

단문 예시3: 오 헨리의 「크리스마스 선물」 중에서

 1달러 87센트. 그게 전부였다. 그중 60센트는 1센트짜리 동전이었다. 그 동전들은 식료품점 주인, 채소장수, 정육점 주인을 상대로 한 푼 두 푼 아껴 모은 것이었다. 이렇게까지 꼼꼼히 계산하다 보면 부끄러움에 얼굴이 화끈거렸다. 델라는 세 번이나 돈을 세어 보았다. 1달러 87센트. 그리고 다음 날은 크리스마스였다.

오 헨리의 단편 「크리스마스 선물」은 주인공 델라가 크리스마스 전날 가진 돈이 단지 1달러 87센트밖에 없음을 드러내며 시작된다. 이는 델라와 그녀의 남편 짐이 얼마나 가난한지를 보여주는 동시에 그들의 사랑이 얼마나 풍부한지를 전제로 하는 서사의 시작이다. 오 헨리는 이들 부부가 크리스마스 선물을 주고 받는 행위를 통해 사랑과 희생의 의미를 탐구한다.

2. 명확성과 간결성을 위한 전략

　명확성은 독자가 글의 의미를 쉽게 파악할 수 있도록 하는 것이며, 간결성은 필요한 정보만을 제공하여 글을 더욱 효과적으로 만드는 것이다. 이를 위해서는 명확한 단어 선택, 불필요한 단어나 구절의 제거 그리고 직접적인 문장 구조의 사용이 필요하다. 복잡하거나 모호한 표현 대신에 간단하고 명확한 단어를 사용하여 독자가 글의 의미를 즉시 이해할 수 있도록 한다. 또한 문장 내에서 중요한 정보를 강조하고, 부수적인 정보는 최소화하거나 다른 방법으로 제공하는 것이 좋다.

　다음 문장은 조지 오웰의 『동물농장』에서 발췌한 구절이다.

 "모든 동물은 평등하다. 그러나 어떤 동물은 다른 동물보다 더 평등하다."

　이 짧은 문장은 『동물농장』 전체의 주제를 강렬하게 요약하며, 불평등과 권력의 본질에 대한 깊은 통찰을 단순명료한 언어로 전달한다. 이 문장은 불필요한 수식어나 복잡한 문장 구조를 피함으로써 메시지의 효과를 극대화하고 있다. 오웰은 이런 방식으로 사회적 논평을 풍부하게 하면서도 이해하기 쉽게 해, 독자가 중요한 정보를 즉시 포착할 수 있게 한다.

3. 문장의 리듬과 소리

　문장의 리듬은 글을 읽는 동안의 흐름과 속도를 결정하며, 글의 전체적인 분위기와 독자의 독서 경험에 영향을 미친다. 짧고 간결한 문장은 속도감과 긴장감을 높이는 반면, 긴 문장은 설명이나 서술을 위해 사용될 때 풍부한 정보를 제공한다. 문장의 길이와 구조 변화를 통해 리듬을 조절함으로써 글의 다양한 부분에 생동감을 더하고 독자의 관심을 유지할 수 있다.

　문장을 구성할 때는 소리에도 주의를 기울여야 한다. 문장을 크게 읽어보거나 속으로 읽으면서, 단어와 문장이 만들어내는 소리의 조화를 확인하는 것이 좋다. 어떤 문장은 그 소리로 인해 더욱 강력한 영향을 미치거나 의미를 더욱 깊게 전달할 수 있다. 문장의 리듬과 소리를 의식적으로 조절함으로써 글쓰기의 효과를 극대화할 수 있다. 눈으로 읽는 것과 달리 소리 내어 읽는 방식은 비문을 수정하기에도 좋은 방법이다.

　좋은 문장을 쓰기 위해서는 이런 원리와 전략을 지속적으로 연습하고 적용해야 한다. 명확하고 간결한 표현을 추구하며, 문장의 리듬과 소리에 주의를 기울이는 것은 글의 품질을 높이고, 독자와의 커뮤니케이션을 강화하는 데 결정적인 역할을 한다.

　리듬과 소리라는 측면에서 우리나라 시조는 참으로 좋은 예시다.

梨花이화에 月白월백하고 銀漢은한이 三更삼경인 제

一枝春心일지춘심을 子規자규야 알랴마난

多情다정도 病병인 양하여 잠 못들어 하노라

(배꽃에 달은 희게 비치고, 은하수 흐르는 깊은 밤/ 가지에 깃든
봄마음을 두견이가 알겠냐만/ 다정함이 병 되어 잠 못 이뤄 하
노라)

－이조년, 「이화에 월백하고」

*이조년: 고려 후기 문신

이 시조를 소리내어 읽어 보자. 문장이 의미 단위로 끊겨 있어 자
연스럽게 읽히고 이해도 쉽다.

이번에는 매끄럽지 않은 문장 예다.

 그가 아주 급히, 그리고 바쁘게 말이죠. 어 아마도 책상 위에 뭔가
를 찾고 있었을 때, 말하자면 그의 친구가 또한, 말하자면, 같은 방
에서 무언가 다른 일을 하고 있었는데, 이 일은 상당히 중요한 것이
었다고 그는 생각하고 있었지만, 그 친구는 그의 바쁜 행동이 좀 과
하다고 느꼈다는 것이었다. (chatGPT 생성)

이 문장은 불필요한 삽입어, '어' '아마도' '말이죠' 등으로 인해 흐름이 매끄럽지 못하다. 접속사 '그리고'도 불필요한 곳에 있어 문장 흐름을 방해하는 요소가 된다. 이런 문제들은 소리내어 읽어 봄으로써 상당 부분 수정될 수 있는 것들이다. 리드미컬하게 읽히지 않는 글은 일단 명문에서 멀어질 가능성이 높다는 사실을 기억하길 바란다.

7강

시제와 시점의 마술

다양한 시제의 사용과 그 효과
1인칭과 3인칭 시점의 장단점, 독자와의 관계 설정
시점 변용의 허용과 한계

시제와 시점의 마술

1. 다양한 시제의 사용과 그 효과

다양한 시제의 사용은 글쓰기에서 중요한 역할을 한다. 시제는 이야기가 전개되는 시간적 배경을 설정하며, 독자가 내용을 이해하는 데 도움을 준다. 각 시제는 글에 독특한 분위기와 긴장감을 부여하며, 이야기의 전달 방식과 독자의 몰입도에 영향을 미친다.

1) 현재 시제 사용의 효과

현재 시제의 사용은 글이 실시간으로 진행되는 듯한 느낌을 주며, 독자에게 즉각적인 몰입감을 제공한다. 현재 시제로 쓰인 이야기는 생동감 있고 긴박한 분위기를 조성하며, 독자가 사건이 발생하는 순간에 함께 있다는 느낌을 받게 한다. 이는 특히 소설에서 긴장감을 높이고, 독자의 관심을 유지하는 데 효과적이다. 또한 여행기가 현재형으로 쓰일 때 독자는 작가와 함께 현장에 있는 듯한 생생함을 느낄 수 있게 된다. 예시문 2에서는 오 헨리의 「크리스마스 선물」을 현재형으로 변환해 두었다. 같은 작품이 시제변화로 어떻게 다른 느낌을 주는지 비교해 보기 좋다.

조앤 디디온Joan Didion의 산문에서 현재형으로 쓰인 작품들을 찾아 볼 수 있다. 디디온은 뛰어난 관찰력과 섬세한 문체로 유명한 작가 다. 그녀는 산문 「내가 글을 쓰는 이유」에서 자신이 조지 오웰의 글 에서 제목을 가차한 이유와 작가들이 글을 쓰는 이유, 또 자신이 왜 글을 쓰는지를 현재형으로 기술하고 있다. 현재형을 사용함으로써 독자에게는 생생한 현장 강의를 듣는 듯한 느낌을 선사한다.

다음은 디디온의 다른 작품 「On Keeping a Notebook」에서 발췌한 문장이다. 이 글은 그의 에세이 모음집인 『Slouching To-wards Bethlehem』에 수록되어 있다. 한국어로는 산문집 『베들레 헴을 향해 웅크리다』에 들어 있으며 작품 제목은 「노트 쓰기」로 돌 베개에서 출간되었다. 다음 문장은 원문을 직접 번역한 것이다.

현재 시제 예문 1: 조앤 디디온, 「On Keeping a Notebook」 중에서

 "We are well advised to keep on nodding terms with the people we used to be, whether we find them attractive company or not."
(우리는 예전의 자신들과 계속 인사를 나누어야 한다, 그들이 우 리에게 매력적인 동반자든 아니든 상관없이 말이다.)

이 문장은 현재 시제를 사용해, 우리 자신의 과거 버전과 계속해서 관계를 유지하기를 주문한다. 여기서 디디온은 개인의 변화와 성장을 인정하면서도, 과거의 자신을 잊지 않고 그 경험을 존중하는 태도의 중요성을 이야기한다. 현재형을 사용함으로써 독자에게는 이러한 사색이 지금 이 순간에도 계속되는 듯 느끼게 한다.

아래 예시문은 오 헨리의 「크리스마스 선물」을 현재형으로 다시쓴 것이다. 과거형으로 쓰인 원문(139쪽 단문 예시 3 참조)과 느낌의 차이를 비교해 보자.

현재 시제 예문 2: 오 헨리의 「크리스마스 선물」을 현재형으로 변환한 글

 1달러 87센트. 그게 전부다. 그중 60센트는 1센트짜리 동전이다. 그 동전들은 식료품점 주인, 채소장수, 정육점 주인을 상대로 한 푼 두 푼 아껴 모은 것이다. 이렇게까지 꼼꼼히 계산하면 부끄러움에 얼굴이 화끈거린다. 델라는 세 번이나 돈을 세어 본다. 1달러 87센트. 그리고 다음 날은 크리스마스다.

과거형 글과 현재형 글은 독자에게 확실히 다른 느낌과 경험을 제공한다. 현재형으로 바꾸었더니 이야기가 지금 바로 일어나고 있는 것처럼 느껴지고 긴박감이 높아진다.

현재형 글쓰기는 독자가 이야기의 순간들을 직접 경험하는 것처럼 만드는 효과도 있다. 과거형은 일반적으로 이야기를 회상하거나 사건들이 과거에 일어난 완결된 사실로 느껴지게 한다. 반면에 현재형은 이야기의 흐름을 끊임없이 전진하게 만들며, 각 사건이 연속적이고 동적인 느낌을 준다. 현재형은 사건의 불확실성을 강조해 감정적 긴장을 유지할 수 있다. 과거형은 사건의 결과가 이미 결정되었다는 인상을 줄 수 있어, 때로는 예측 가능성이 높아질 수 있다.

여행기가 현재형으로 쓰일 때 독자는 '그 순간 그 현장'에 있는 듯한 특별한 느낌에 빠질 수 있다. 다음은 필자의 스페인 여행기 「돈키호테를 찾아서」(월간 쿨투라, 2024.2.) 중 일부다.

현재 시제 예문 3: 이성숙, 「카스티야 라 만차 기행: 비 오는 날의 수채화, 콘수에그라」 중에서

 나는 두 번째 거인의 몸통에 달린 문을 연다. 돈키호테 기념품과 샤프란 차를 파는 노인이 있다. 쬐꼬만 병에 든 샤프란이 33유로란다. 비싸게 느껴진다. 샤프란은 갖고 싶고... 나는 25유로에 흥정을 붙인다. 단박에 거절이다.

할아버지~ 나도 여기서 샤프란 팔고 싶어. 금방 부자 되겠는걸?
안 돼 절대 안 돼, 샤프란은 라 만차 특산이야. 다른 데서 못 사, 2유로 깎아줄게.
나도 안 돼, 돈 없어.

노인과 나의 기싸움이 이어지다 우리는 27유로에 극적 타협을 본다. 값을 깎인 것이 억울한 노인이 돈키호테처럼 소리를 지른다.

마담~ 너무 싼 거야, 마담~ 너무 많이 깎았어, 마담~ 돈 많으면서 너무해... 마담~

ㅎㅎㅎㅎㅎ

겨우 6유로 깎은 걸 갖고 왜 저런담! 이 할아버지 악은 쓰는데 노기는 없다. 문을 나서는 내게 그가 행운을 빌어준다.

마담~ 해피 뉴 이어!
유 투 써얼!

유쾌한 맨 오브 라만차!Man of La Mancha

비바람에 눈물 콧물 범벅해 가며 다녀온 콘수에그라다. 살아 있는 날 동안, 저 풍차들을, 이 바람을, 마담을 외치던 귀여운 노인을 잊을 수 있을까. 마드리드를 향해 차를 모는 내내, 눈앞엔 온통 한 폭 그림이 펼쳐져 있다. 비 오는 날의 수채화….

⋯⋯⋯⋯⋯⋯⋯⋯⋯⋯⋯⋯⋯⋯⋯⋯⋯⋯⋯⋯⋯⋯⋯⋯⋯⋯⋯⋯⋯⋯⋯⋯⋯⋯⋯⋯⋯

💬 **질문(프롬프트): 이 글이 현재형으로 쓰인 효과를 말해 줘.**

⋯⋯⋯⋯⋯⋯⋯⋯⋯⋯⋯⋯⋯⋯⋯⋯⋯⋯⋯⋯⋯⋯⋯⋯⋯⋯⋯⋯⋯⋯⋯⋯⋯⋯⋯⋯⋯

⑨ 이 글에서 현재형을 사용한 효과는 독자를 순간에 몰입하게 하여,

마치 그 상황을 실시간으로 경험하고 있는 것처럼 느끼게 합니다. 현재형은 이야기에 즉각적인 긴장감과 생동감을 부여하며, 이야기의 급박함과 현장감을 증대시킵니다. 이를 통해 독자는 이야기 속의 인물과 상황에 더욱 깊이 공감하고, 감정 이입을 할 수 있습니다.

작가는 마치 독자가 노인과의 흥정 장면, 비바람 속의 여행 등을 직접 겪고 있는 것처럼 묘사함으로써, 일어나고 있는 사건들에 대한 긴박한 느낌을 전달합니다. 이러한 서술 방식은 이야기를 더욱 생생하고 기억에 남게 하며, 독자가 글을 읽는 동안 그 순간에 완전히 몰두하게 만듭니다.

현재형 문장은 특히 여행기나 일기와 같은 개인적인 서술에서 강력한 도구가 된다. 독자는 이야기 속의 시간과 공간을 넘나들며, 작가의 경험을 마치 자신의 것처럼 느끼게 되고, 이는 감정적 연결을 더욱 강화한다.

현재 시제 예문 3:

 태양이 지평선 위로 천천히 떠오르면서, 새벽의 고요함 속에서 하루가 시작된다. 새들이 나무 사이에서 부지런히 노래를 시작하고, 가벼운 바람이 잎사귀를 스치며 부드러운 소리를 만든다. 거리는 조용하지만, 점점 사람들이 나와 하루의 일과를 준비한다. 커피숍의 문이 열리고, 갓 구운 빵 냄새가 골목길을 가득 메운다. 사람들은 서로 인사를 나누며, 새로운 날의 가능성과 기대로 가득 차 있다. 이 모든 순간이 현재 진행되며, 각자의 이야기가 이 새벽과 함께 펼쳐진다. (chatGPT 생성)

2) 과거 시제 사용의 효과

과거 시제는 이야기를 회고하는 느낌을 준다. 독자는 사건이 이미 발생했고, 나레이터가 그 경험을 바탕으로 이야기를 전달한다는 인상을 받는다. 이 방식은 독자에게 안정감을 주며, 사건의 전말을 천천히 풀어가는 데 적합하다. 과거 시제는 소설, 수필, 역사적 서술에 자주 사용되며, 이야기에 깊이와 성찰의 여지를 더한다.

과거 시제 예문1: 어니스트 헤밍웨이, 『노인과 바다(The Old Man and the Sea)』 중에서

He was an old man who fished alone in a skiff in the Gulf Stream and he had gone eighty-four days now without taking a fish. In the first forty days a boy had been with him. But after forty days without a fish the boy's parents had told him that the old man was now definitely and finally salao, which is the worst form of unlucky, and the boy had gone at their orders in another boat which caught three good fish the first week.

(그는 걸프 스트림에서 혼자 작은 보트로 낚시하는 늙은 어부였고, 이제 84일 동안 물고기를 하나도 잡지 못했다. 처음 40일 동안은 소년이 그와 함께 있었다. 하지만 40일 동안 물고기를 하나도 잡지 못한 후에 소년의 부모는 그 늙은 어부가 이제 확실히 그리고 완전히 'salao', 즉 가장 나쁜 형태의 불운한 사람이 되었다고 말했고, 소년은 부모의 명령으로 첫 주에 세 마리의 좋은 물고기를 잡은 다른 배로 갔다.)

....

이 단락은 과거 시제를 사용해 노인의 상황과 그의 운이 어떻게 변했는지를 보여준다. 과거 시제는 이야기에 시간의 흐름을 더하고, 노인의 지난 경험과 현재 상태 사이의 관계를 드러내는 데 도움을 준다. 헤밍웨이는 간결하면서도 힘 있는 문장으로 노인의 고독과 투쟁 그리고 희망을 전달한다. 이러한 과거 시제의 사용은 독자로 하여금 노인의 과거 경험을 통해 그의 캐릭터를 더 깊이 이해할 수 있게 한다.

과거 시제 예문 2: 안톤 체홉의 단편 「약혼」 중에서

....

 그녀는 자신의 신분을 의식하고 있는 듯, 불안정한 눈빛으로 그를 바라보며 말했다. 그녀의 목소리는 떨리고 있었다. 그녀는 그가 자신을 존중하지 않는다고 느꼈고, 그녀의 마음 속에서 분노와 함께 약간의 경멸이 일어났다.

밤이 깊어 갈수록, 니나의 두려움과 불안은 점점 커져만 갔다. 그녀는 자신의 미래가 이 한 남자의 결정에 달려 있다는 사실을 깨닫고, 그로 인해 더욱 초조해졌다. 그녀는 자신이 선택한 길이 옳은 것인지, 잘못된 것인지 고민하며 밤을 지새웠다.

···

이 두 단락은 체홉이 어떻게 인물들의 내면을 깊이 있게 탐구하는지, 그들의 감정적 갈등을 얼마나 섬세하게 표현하는지를 잘 보여준다. 서술 시제는 이야기의 전달 방식과 독자의 반응에 큰 영향을 미친다. 현재형이 이야기를 더 생동감 있고 박진감 있게 끌고 가는 반면, 과거형은 사건을 돌아보고 반성하는 데 적합할 수 있다. 20세기까지만 해도 문학적 관습과 분위기로 인해 과거형 서술이 대세였지만 현대 작가들은 작가의 의도에 따라 다양한 시제를 선택하고 있다.

3) 미래 시제 사용의 효과

미래 시제는 주로 예측, 계획, 가능성을 표현하는 데 사용된다. 이야기에서 미래 시제를 사용하면 기대감이나 불확실성을 조성하며, 독자에게 사건의 가능한 전개에 대해 생각하게 만든다. 미래 시제는 특히 공상과학 소설이나 미래를 배경으로 하는 이야기에서 그 가능성을 탐구하는 데 유용하다.

미래 시제 예문:

 "수년 후, 우리는 이 순간을 되돌아볼 것이다. 그때의 우리는 어떤 모습일까? 기술은 더욱 발전하여 우리의 생활 방식을 근본적으로 변화시킬 것이다. 도시의 스카이라인은 새로운 건축물로 재편성되어, 오늘날 우리가 상상하는 것을 훨씬 뛰어넘는 모습을 드러낼 것이다. 우리의 대화는 어떻게 변할까? 아마도 디지털 기기를 통해 생각을 직접 전송하는 방식으로 진화할 것이다. 하지만 가장 중요한 것은, 우리가 서로를 어떻게 이해하고 연결되어 있을지에 대한 질문이 될 것이다. 미래는 우리에게 많은 변화를 가져올 것이지만, 인간의 기본적인 욕구와 연결의 중요성은 변하지 않을 것이다."
(chatGPT 생성)

미래 시제는 가능성과 기대 그리고 불확실성에 대한 감정을 표현하는 데 효과적인 방식이다. 작가는 이를 통해 독자들이 미래에 대한 자신의 생각과 감정을 상상하고, 현재의 선택과 행동이 미래에 어떤 영향을 미칠지 고민하도록 유도할 수 있다.

4) 완료 시제 사용의 효과
완료 시제는 과거의 사건이 현재에 미치는 영향을 강조하는 데 사용된다. 이 시제를 통해 작가는 사건의 중요성과 지속적인 영향을 독자에게 전달할 수 있다. 완료 시제는 사건의 결과가 현재에 어떻게 영향을 미치는지 보여주며, 이야기에 깊이를 추가한다.

완료 시제 예문:

 "여행자는 긴 여정을 마치고 집으로 돌아왔다. 그는 여러 대륙을 거쳐 다양한 문화와 풍경을 경험했다. 이제 그는 자신의 방 안에 앉아 있지만, 그의 마음과 영혼은 여전히 그가 방문했던 먼 나라들에 머물러 있다. 그의 눈앞에는 세계 곳곳에서 수집한 기념품이 전시되어 있으며, 그것들은 그가 경험한 모험의 증거들이다. 그는 이미 많은 책을 읽고, 수많은 사람을 만나며, 다양한 언어를 배웠다. 이 여행은 그의 삶을 영원히 변화시켰으며, 그는 이제 그 어떤 도전에도 두려움 없이 맞설 수 있는 사람이 되었다." (chatGPT 생성)

이 글에서는 완료 시제(해왔다, 읽었다, 만났다, 배웠다)를 사용하여 여행자의 과거 경험이 현재의 자아와 삶에 어떤 영향을 미쳤는지를 설명한다. 완료 시제는 과거의 사건이 현재에 도달한 최종 상태를 강조함으로써, 그 경험이 인물의 성장과 변화에 어떻게 기여했는지를 독자에게 보여준다.

각 시제의 선택은 이야기의 톤, 분위기 그리고 전달하고자 하는 메시지에 따라 달라진다. 작가는 시제를 의식적으로 선택하여 글의 효과를 극대화하고, 독자의 이해와 감정을 조절할 수 있다. 다양한 시제의 사용은 글쓰기의 미묘한 뉘앙스를 표현하는 데 중요한 도구이며, 작가의 의도와 독자의 경험 사이의 다리 역할을 한다.

2. 1인칭과 3인칭 시점의 장단점, 독자와의 관계 설정

1인칭과 3인칭 시점은 글쓰기에서 중요한 역할을 하며, 각각의 시점이 작품에 미치는 영향과 독자와의 관계 설정에서 장단점을 갖는다.

1) 1인칭 시점

이야기를 전달하는 주체가 '나'로서 자신의 경험, 생각, 감정을 직접적으로 표현한다. 이 시점의 가장 큰 장점은 몰입감과 친밀감이다. 독자는 이야기를 들려주는 인물과 직접적인 연결감을 느끼며, 그 인물의 내면세계와 감정을 깊이 이해할 수 있다. 하지만 이 시점의 단점으로는 관점의 제한성이 있다. 모든 사건과 상황이 '나'의 관점에서만 서술되기 때문에 다른 인물들의 내면이나 다른 관점을 탐구하기 어렵다.

2) 3인칭 시점

이야기를 전달하는 주체가 '그' '그녀' '그들'과 같이 등장인물을 바깥에서 관찰하는 형태로 서술한다. 3인칭 시점의 가장 큰 장점은 전지적 작가 시점에서 볼 때의 광범위한 관점과 유연성이다. 작가는 여러 인물의 관점을 자유롭게 전환하며, 이야기를 보다 폭넓게 펼칠 수 있다. 이를 통해 독자는 다양한 인물과 사건에 대한 균형 잡힌 이해를 얻을 수 있다. 하지만 3인칭 시점의 단점으로는, 때때로 개별 인물에 대한 깊은 몰입감이나 친밀감이 1인칭 시점만큼 강하지 않을 수 있다는 점이 있다. 특히, 3인칭 전지적 시점은 작가가 모든 것을 알고 있다는 설정 때문에 인물과의 거리감을 느낄 수 있다.

3) 독자와의 관계 설정

1인칭 시점은 독자를 이야기 속으로 끌어들이며 개인적인 경험을 공유하는 느낌을 준다. 반면, 3인칭 시점은 독자에게 보다 넓은 시야를 제공하며, 여러 인물과 사건에 대한 포괄적인 이해를 가능하게 한다. 작가는 이러한 각 시점의 장단점을 고려하여 자신의 이야기를 효과적으로 전달할 수 있는 최적의 방법을 선택해야 한다.

3. 시점 변용의 허용과 한계

대부분 수필은 자신의 경험을 바탕으로 쓰인다는 점에서 1인칭 시점을 기본으로 하지만 시점을 변용해 쓰기도 한다.

1인칭 서술 시점은 화자 자신을 표현하는 데 있어서는 매우 자유롭지만, 타자를 서술 대상으로 삼을 때는 매우 제한적이다. 정진권의 『수필쓰기의 이론』에서 "한 편의 글은 하나의 시점으로 일관하는 게

좋다"고 했듯이, 서술 시점을 바꾸지 않고 쓰는 게 좋으나 1인칭 시점
의 한계를 극복하기 위해 3인칭 시점을 부분적으로 활용하기도 한다.

조한숙의 「찔레나무」는 찔레꽃을 통해 어머니의 삶과 이미지를 그
린 수필이다. 이 작품에서 어머니에 대한 기억은 둘로 나뉘어 있다.
작가를 갓 낳은 젊은 시절 어머니와 작가가 첫아이를 낳았을 때 느낀
어머니의 헌신적 사랑에 대한 깨달음이 그것이다. 이 작품은 1인칭
서술 시점을 기본으로 삼지만, 작가를 낳았을 때의 어머니 이야기를
할 때는 시점의 변용을 꾀한다. 1인칭 서술자에게는 결코 허여되지
않는 전지적 시점을 선택하고 있다. 시점 변용을 잘 보여주는 작품
으로는 마크 트웨인의 『왕자와 거지』, 찰스 디킨스의 『위대한 유산』,
제인 오스틴의 『오만과 편견』 등을 들 수 있다. 『왕자와 거지』는 소
설의 두 주인공, 왕자와 거지의 시점을 번갈아 가며 서술한다. 마크
트웨인은 이를 통해 같은 사건이 어떻게 전혀 다른 방식으로 경험될
수 있는지를 보여 준다. 『위대한 유산』은 1인칭 시점을 사용해 주인
공 필립의 삶과 그의 성장을 따라가는데, 이야기가 전개되면서 필립
의 시각이 성숙해지는 것을 볼 수 있다. 『오만과 편견』은 대부분 3인
칭 전지적 작가 시점으로 진행되지만 때로는 등장인물의 내면적 고
민과 시각을 통해 서술되기도 한다.

예시1: 마크 트웨인의 「왕자와 거지」 중에서

....

 "왕자는 그의 눈앞에 펼쳐진 거친 삶의 현장에 깊은 충격을 받

았다. 그는 거지들이 어떻게 살아가는지, 그들의 어려움과 고통을 처음으로 목격하며, 자신이 이전에 전혀 알지 못했던 세상에 눈을 뜨게 되었다. 그의 높은 성에서 보았던 것과는 너무나도 다른 현실 앞에서, 왕자는 자신의 정체성과 그가 해야 할 일에 대해 깊은 고민에 빠졌다.”

반면, 거지 톰이 왕궁에서 왕자로서의 삶을 경험하면서 느끼는 초조함과 두려움은 다음과 같이 묘사된다.

“톰은 왕궁의 화려함 속에서도 평온을 찾지 못했다. 그는 끊임없이 자신의 정체가 드러날까 봐 두려워했으며, 왕자로서의 역할을 제대로 수행하기 위해 애쓰면서도, 항상 실패할 것만 같은 불안감에 시달렸다. 그러나 점차 그는 왕궁의 일상에 익숙해지기 시작했고, 자신이 원래 이곳에 속해 있었다는 것처럼 행동하기 시작했다.”

이렇게 『왕자와 거지』는 두 주인공의 내면을 번갈아가며 들여다보면서, 그들이 각자의 위치에서 겪는 심리적 변화와 사회적 적응 과정을 효과적으로 그려낸다.

예시2: 제인 오스틴, 『오만과 편견』 중에서

    다르시는 엘리자베스에게 청혼했으나, 그의 마음을 전혀 예상치 못한 방식으로 거절당한다. 그는 그녀가 자신을 거부한 이유를 이해하지 못하고 혼란스러워한다. 그녀의 말에서 그가 자신의 부와 지위를 너무 의식하며 다른 사람들을 업신여겼다는 것을 알게 된다. 이 사실이 다르시를 크게 당황하게 만들고, 그는 자신의 행동을 돌아보게 된다.

이 단락에서 제인 오스틴은 전지적 작가 시점으로 다르시의 내면을 깊이 탐구하며, 그의 감정과 자기 성찰의 순간을 세밀하게 그려낸다. 그러나 『오만과 편견』에는 편지가 자주 등장하는데, 이때 1인칭 시점을 선택해 인물의 심리를 직접 드러내 보여준다. 이런 시점 변용은 이야기를 더욱 입체적으로 보이게 한다. 이 소설에서 편지는 중요한 역할을 하며 여러 차례 등장한다. 가장 주목할 만한 편지 중 하나는 피츠윌리엄 다르시가 엘리자베스 베넷에게 보낸 편지다. 이 편지는 다르시가 엘리자베스에게 자신의 행동을 설명하고, 그녀의 오해를 풀어주려고 쓴 것이다. 다음은 그 편지의 일부다.

    내가 행동했던 방식에 대해 정당화하려는 것이 아니라 사실을 말하고자 합니다. 빙리에 대한 내 충고는 그의 자매들과 그가 사랑하는 여인의 감정에 영향을 받아 이루어진 것이었습니다. 나는 정말로 제인이 빙리에게 깊은 감정을 갖고 있지 않다고 믿었고, 그의 마음을 보호하고자 했습니다.

....

이 편지는 소설 전체의 서술 방식인 3인칭 전지적 작가 시점에서 벗어나 1인칭으로 쓰였을 뿐 아니라 어투도 공손하게 바뀌어 있다. 이런 방식으로 인해 다르시의 성격과 그의 진심이 잘 드러난다. 이 편지는 소설의 전환점 중 하나로, 두 주인공 사이의 갈등 해결과 관계 발전에 중요한 역할을 한다.

주관적 경험 객관화하기

관찰의 예술: 주관적 경험을 통한 세계의 객관적 탐구
언어의 선택과 사용: 주관적 감정을 객관적 표현으로 전환하기
객관성 획득을 위한 문학적 기교들

8강

주관적 경험 객관화하기

1. 관찰의 예술: 주관적 경험을 통한 세계의 객관적 탐구

관찰의 치밀함은 주관적 경험을 객관화하는 데 핵심적인 역할을 한다. 작가가 자신의 경험을 통해 세상을 바라보고, 그 관찰을 글로 정리하는 과정에서 개인적인 경험은 보편적인 진리와 통찰로 승화할 수 있다. 예를 들어, 작가는 평범한 일상 속에서 겪은 소소한 사건 하나를 들어 그 사건이 갖는 보편적인 가치나 교훈을 탐구할 수 있다. 이 과정에서 중요한 것은 개인적인 경험을 단순한 사실의 나열이 아닌, 독자가 공감하고, 생각하고, 느낄 수 있는 객관적인 서사로 전환하는 것이다.

이를 위해 작가는 관찰을 기반으로 한 세밀한 묘사, 비유, 상징 등의 문학적 기법을 활용한다. 작가의 개인적인 경험과 감정이 객관적인 서술을 통해 전달될 때, 그 글은 단순히 한 사람의 이야기를 넘어서서 보다 큰 인간 경험의 일부가 된다.

예시문을 만들기 위한 상황을 아래와 같이 설정해 보자. 이 여인의 경험_{주관적 경험}에서 에세이 한 편을 도출한다면 어떤 글이 가능할까. 에세이는 AI 뮤즈를 통해 얻었다. 주관적 경험에 해당하는 상황은 아래와 같다.

지하철 노약자석에 30대 젊은 여인이 앉아 있다. 여인은 수술을 받은 환자로 집으로 돌아가는 중이다. 다음 정거장에서 건강한 할아버지가 탑승하고 그는 지팡이로 여인의 발등을 찍으며 자리를 비키라고 한다.

....

 제목: 지하철 노약자석

수술을 겨우 마치고 퇴원한 나는, 지하철 차량의 하늘색 좌석에 조심스럽게 몸을 기댔다. 수술 부위가 아직 아물지 않아, 지하철의 흔들림마저도 견디기 버거운 상태였다. 창백한 얼굴로 눈을 감고 숨을 고르는 동안, 나는 조용히 통증이 가라앉기를 기다렸다.

문이 열리고, 지팡이를 짚은 건강해 보이는 노인이 들어왔다. 나는 그저 고요히 앉아 있을 뿐이었지만, 그의 시선은 곧 내게 향했다. 노인은 주저하지 않고 지팡이 끝으로 내 발등을 툭툭 찍었다. "일어나세요, 젊은이." 그의 목소리는 아예 명령조였다.

아파오는 발등을 느끼며 순간 분노가 일었지만, 나는 천천히 자리에서 일어났다. 내가 얼마나 아픈지, 왜 이 자리에 앉아 있어야 하는지 그는 알지 못했다. 나는 그저 조용히 자리를 양보하고, 한쪽에 서서 다음 정류장이 오기를 기다렸다.

노인은 나의 상황을 알지 못한 채 편안하게 앉아 있었다. 그 사이, 지하철은 계속해서 앞으로 나아갔다. 나는 창문 밖을 바라보며, 사람들이 겉모습만 보고 판단하는 것이 얼마나 위험한지를 다시 한 번 느꼈다. 나의 고통은 보이지 않았고, 내가 겪고 있는 싸움 또한 그의 눈에는 드러나지 않았다. 그렇게 나는 조용히 내 자신을 다독이며, 이 모든 상황을 이해하려 애썼다. (chatGPT 생성)

이 글은 각자의 경험만을 바탕으로 타인을 판단하는 것이 얼마나 위험한지 잘 보여준다. 객관화를 시도한다는 것은, 자신의 관점에서 벗어나 타인의 입장에서 사건이나 사물을 이해하려는 의도적인 노력을 포함한다. '노약자석에 앉아서 겪은 낭패'라는 여인의 경험은 여인의 관찰력에 힘입어 '함부로 판단하면 안 된다'는 보편적 진리에 다가선다. 상황에 대한 통찰력은 세심한 관찰로 가능하다. 이런 관찰력은 작가에게 요구되는 중요한 소양이다.

2. 언어의 선택과 사용: 주관적 감정을 객관적 표현으로 전환하기

언어의 선택은 주관적 감정을 객관적 표현으로 전환하는 데 있어 중요한 요소다. 작가는 자신의 개인적인 경험과 감정을 효과적으로 전달하기 위해 단어 하나하나를 신중하게 선택해야 한다. 언어의 선택과 사용에 있어서 작가의 능력은 단순한 정보 전달을 넘어 독자의 감정과 생각을 움직이는 힘을 갖는다. 언어는 작가가 독자와 공감대를 형성하고 인간의 복잡한 내면세계를 탐구하는 가장 강력한 도구다. 아래 문장을 보자.

 지난 여름, 어느 폭우 내리던 날, 그날 나는 교통체증에 갇힌 자동차처럼 꼼짝할 수 없었다. (chatGPT 생성)

폭우란 단순히 날씨의 상태만을 의미하는 게 아니다. 폭우는 마음의 혼란과 압박감을 객관적으로 전달하고 있다. 이 문장에 폭우 대신 '보슬비'를 넣고 다시 읽어 보자. 보슬비는 뒤따라 오는 구절, '교통체증에 갇힌 자동차처럼'과 감정적으로 엇박자를 냄을 알 수 있다. 독자는 '폭우'를 통해 상황의 심각성을 인지하게 되고, '나'와 같은 감정의 무게를 느낄 수 있게 된다. 언어는 이처럼 감정의 직접적인 전달이 아닌, 경험의 본질을 효과적으로 드러내는 수단이 된다.

언어의 선택과 사용에 대한 예시로, 조셉 콘래드의 작품 『어둠의 심연Heart of Darkness』을 읽어보도록 하자.

나는 그 무거운 침묵 속에서 점점 더 깊은 고요함을 느꼈다. 그것은 우리 주위의 대기 안에서 고요하게, 거의 청각에 감지할 수 없을 정도로 조용하게, 그러나 끊임없이 흐르는 것이었다. 이 고요함은 그저 침묵만이 아니었다. 그것은 내면 깊숙한 곳의 어떤 불안정한 생각들을 위해 공간을 만들어주는 것처럼 보였다. 이

고요함은 심연이나 죽음의 정적과 같은 것이 아니라, 매우 살아

있고 숨 쉬는 무엇인가였다.

....

'무거운 침묵' '깊은 고요함' '심연이나 죽음의 정적' 같은 표현들은 주관적인 감정을 매우 객관적이고 명확한 언어로 전환해, 독자들에게 깊은 인상을 주고 강력한 공감대를 형성한다.

3. 객관성 획득을 위한 문학적 기교들[1]

주관적 편견 없이 세상을 본다는 것은 사실상 불가능하지만, 지극히 사적 경험을 공동의 가치로 만들려는 노력이 문학적 글쓰기의 존재성이기도 하다. 글의 소재가 되는 경험세계는 극히 개인적인 것이고, 그것을 1인칭 시점으로 쓴다면 그 글은 가장 주관적인 서술 형태를 지니게 된다. 이런 글이 객관성을 획득하기 위해서는 몇 가지 문학적 기교가 필요하다. 문학에 있어서 객관성이란 모든 가치에 대한 중립적 태도를 의미한다.

대상 장르에 따라 문학적 기교는 다르게 구현되지만 일반적인 글쓰기라면, 다음과 같은 기교들을 고려해 볼 수 있다.

---

1 여세주, 〈새롭게 쓴 수필 창작론〉, 소소담담, 2017

– 문장 표현에 일반주어를 가급적 생략한다.

– 감정을 직접적으로 표현하지 않고 간접적으로 묘사한다.

– 주관적 의견이나 주장을 누구나 공감하는 객관적인 지식으로 보편화하고 일반화한다.

– 주관적 설명보다 객관적 묘사를 지향한다.

– 경험의 기록에 만족하지 않고 이성적 사유를 통해 경험을 해석한다.

실제 문장에서 어떻게 쓰일 수 있는지 예시문을 통해 다시 보도록 한다.

예시1: 일반주어를 생략한다.

전통적으로, 커피는 아침에 가장 많이 소비된다. 이 음료는 전 세계적으로 에너지를 증진시키고, 주의력을 향상시키는 데 사용된다. 장기적으로 꾸준히 섭취할 경우, 기억력 개선에도 긍정적인 효과가 관찰된다. 연구에 따르면, 이는 카페인이 중추신경계에 미치는 직접적인 영향 때문이다. 그러나 과다 섭취는 수면 패턴을 방해하고, 불안을 증가시킬 수 있어 주의가 필요하다. (chatGPT 생성)

이 글에서는 '사람들은'이라든가 '많은 사람들이'와 같은 일반주어를 사용하지 않고, 커피에 대한 정보만을 객관적으로 제시한다. 이런 방식은 글의 내용에 집중하게 하며, 주장의 객관성을 강화한다.

예시2: 감정을 간접적으로 묘사한다.

그녀는 창밖을 바라보며 커피를 한 모금 마셨다. 비가 창문을 두드리는 소리가 방 안을 가득 채웠고, 간헐적으로 들려오는 천둥 소리에 그녀의 눈썹이 살짝 찌푸려졌다. 커피잔을 탁자에 내려놓는 손길이 느리고 무거웠다. 그녀가 깊은 한숨을 내쉬며 의자에 몸을 깊숙이 기대었다. 방 안의 적막함과 차가운 공기만이 그녀의 외로움을 알고 있었다. (chatGPT 생성)

이 글에서는 '외로움'이라는 단어를 사용하지 않고, 창밖의 비, 천둥 소리, 무거운 손길, 깊은 한숨 등의 이미지와 행동을 통해 주인공의 감정을 직접적으로 서술하는 대신, 간접적으로 묘사하고 있다. 이러한 기술은 독자가 상황 속에서 감정을 읽어 내게 하여 그 감정의 깊이를 더한다.

예시3: 주관적 의견이나 주장을 객관적 지식으로 보편화하기.

많은 사람들이 하루의 시작을 커피 한 잔으로 여는 것은 단순한 습관 이상의 의미가 있다. 과학적 연구에 따르면, 카페인은 중추신경계를 자극하여 주의 집중력과 기억력을 향상시키는 효과가 있다. 이는 아침에 커피를 마시는 행위가 단순히 개인의 취향을 넘어서서, 신체적 및 인지적 성능을 최적화하는 전략적 선택임을 시사한다. 따라서 아침에 커피를 마시는 것은 근로자와 학생들에게 권장되어야 할 일상적인 행위로 인식되어야 한다. (chatGPT 생성)

커피를 마시는 개인의 주관적인 경험이나 취향을 넘어서, 그 행위가 갖는 객관적인 이점을 과학적 연구 결과를 통해 보편 타당한 것으로 전환하고 있다. 이런 기법으로 주장이 더욱 설득력을 갖게 되며 넓은 독자층에서 공감을 얻을 수 있다.

예시4: 주관적 설명보다 객관적 묘사를 지향한다.

 산책로를 따라 가다 보면, 고즈넉한 호수가 나타난다. 호수의 표면은 거의 움직임이 없어 거울처럼 주변의 풍경을 반사한다. 가을의 한복판에서, 붉게 물든 나무들과 푸른 하늘이 호수에 그대로 비치어, 자연의 색감이 더욱 풍부하게 드러난다. 수면 가까이에서 몇 마리의 오리가 물을 가르며 유유히 헤엄친다. (chatGPT 생성)

이 예시는 주변 환경과 상황을 그대로 묘사하면서 감정이나 개인적 해석을 배제하고 있다. 이런 접근은 독자가 상황을 객관적으로 이해하고, 자신의 감정적 반응을 스스로 형성할 수 있도록 돕는다.

예시5: 이성적 사유를 통해 주관적 경험 재해석하기.

 지난 여름, 나는 며칠간의 캠핑을 떠났다. 자연 속에서의 경험은 단순히 아름다운 풍경을 감상하는 것 이상의 의미가 있었다. 나는 왜 이렇게 캠핑이 즐거운지, 그리고 왜 사람들이 자연에서 평화를 느끼는지에 대해 깊이 고민해 보았다. 심리학적 연구에 따르면, 자연 환경은 인간의 스트레스 수준을 낮추고 창의력을 증진시키는 효과가 있다. 이를 통해 나는 자연이 단순한 휴식처 이상으로, 인간 정신에 근본적인 영향을 미칠 수 있는 중요한 요소임을 이해하게 되었다. (chatGPT 생성)

캠핑이라는 경험을 기록하고 저장하는 데 그치지 않고, 왜 그 경험이 유익했는지를 심리학적 연구를 바탕으로 분석하고 해석하고 있다. 이는 독자들에게 보다 깊은 영감을 제공하며, 개인적인 경험을 보편적인 이해의 차원으로 끌어올린다.

객관성 확보를 위한 글쓰기 기교를 살펴봤다. 객관성 획득을 위한 글쓰기는 독자에게 신뢰를 얻고, 주장의 설득력을 강화하는 핵심 요소다. 이런 기교들을 통합하고 응용함으로써 글쓰기가 독자와의 지적 교류의 장이 되게 해야 한다.

9강

문체와 스타일 개발

자신만의 문체와 스타일 개발
일관성과 변화의 균형 유지 방법

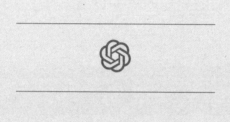

─── 9강 ───
문체와 스타일 개발

1. 자신만의 문체와 스타일 개발

　문체와 스타일의 개발은 작가가 자신의 글쓰기에 독특함을 부여하고, 독자에게 깊은 인상을 남기는 데 핵심적인 요소다. 이 과정은 작가가 자신의 내면적 목소리를 발견하고, 그것을 효과적으로 표현하는 방법을 찾아가는 여정이다. 문체와 스타일을 개발하는 것은 단순히 글쓰기 기술을 넘어서 작가의 사고방식, 태도 그리고 세상을 바라보는 관점을 반영한다.

1) 문체와 스타일 개발의 중요성
　문체와 스타일은 작가의 개성과 창의성을 반영한다. 작가마다 고유의 문체와 스타일이 있으며, 이는 그들의 글을 독특하게 만들고 독자들이 작품을 인식하는 방식에 영향을 준다. 효과적으로 개발된 문체와 스타일은 작가의 메시지를 더욱 명확하고 강력하게 전달할 수 있게 하며, 작품에 깊이와 다층성을 추가한다.

2) 문체와 스타일 개발 방법

① **광범위한 독서**: 다양한 작가의 작품을 읽는 것은 문체와 스타일을 개발하는 데 있어 기본이다. 다른 작가들의 문체를 분석하고, 그들이 어떻게 주제와 감정을 표현하는지 학습함으로써 자신만의 문체를 형성하는 데 영감을 얻을 수 있다.

② **지속적인 글쓰기 실습**: 꾸준한 글쓰기는 자신의 문체와 스타일을 발견하고 발전시키는 가장 확실한 방법이다. 다양한 주제와 장르에 도전하면서 자신의 강점과 약점을 파악하고, 이를 기반으로 개인적인 스타일을 정제해 나간다. 다작 속에 수작이 나온다. 자신의 문체와 스타일을 위해 꾸준한 연습보다 나은 약이 없다.

③ **피드백과 수정**: 다른 사람의 피드백을 받고 자신의 작품을 비판적으로 검토하는 것은 문체와 스타일을 개선하는 데 중요하다. 구체적이고 건설적인 피드백은 작가가 자신의 글쓰기를 다양한 관점에서 바라보고, 필요한 수정을 통해 스타일을 발전시키는 데 도움을 준다. 타인의 피드백보다 중요한 작업은 스스로 퇴고하는 노력이다. 충분히 퇴고하지 않은 글을 밖에 내 놓는 것은 작가로서 무책임한 행위에 해당한다.

④ **문학적 기법과 언어의 실험**: 비유, 상징, 알레고리 등 다양한 문학적 기법과 언어의 실험을 통해 자신만의 스타일을 창조해 나간다. 이러한 실험은 작가가 자신의 메시지를 독창적이고 효과적으로 전달하는 방법을 찾는 데 기여한다.

2. 일관성과 변화의 균형 유지 방법

일관성과 변화의 균형 유지는 글쓰기에서 매우 중요한 요소이다. 이 균형을 잘 관리하면 작품이 독자에게 신뢰감을 주면서도 새로움을 제공할 수 있어, 독자의 관심을 지속적으로 유지할 수 있다. '일관성'이란 작품 전반에 걸쳐 일정한 품질과 스타일을 유지함으로써 독자가 글의 흐름을 쉽게 따라갈 수 있도록 돕는 것이고, '변화'란 새로운 요소나 아이디어를 도입하여 작품에 생동감을 부여하고 독자의 흥미를 끌어올리는 것이다.

1) 일관성 유지 방법

① **명확한 목적과 톤 설정**: 작품의 목적과 톤을 처음부터 명확하게 설정하고, 이를 작품 전반에 걸쳐 일관되게 유지해야 한다. 이렇게 하면 작품이 하나의 목소리로 말하는 것처럼 느껴져 독자가 메시지를 더 명확하게 이해할 수 있다.

예를 들어, 학술적 글쓰기에서는 공식적인 톤을, 창작 소설에서는 서술적이고 감성적인 톤을 일관되게 사용하는 것이다. 용어 사용에 있어서도 일관성을 유지해야 한다. 전문 용어나 특정 주제와 관련된 용어를 일관되게 사용해 주제에 대한 깊이와 전문성을 높이고, 독자의 이해를 돕는다.

② **구조와 테마의 일관성**: 작품의 구조와 중심이 되는 테마를 일관되게 유지함으로써 글의 흐름을 안정적으로 유지할 수 있다. 이는 독자가 작품을 읽는 동안 방향을 잃지 않게 도와준다.

2) 변화와 다양성 도입 방법

① **새로운 관점과 아이디어 탐색**: 일정 부분에서는 새로운 관점이나 아이디어를 도입하여 글에 신선함을 더할 수 있다. 이는 같은 주제라도 다양한 각도에서 접근함으로써 독자의 흥미를 유지하게 해준다.

② **문체와 형식의 다양화**: 때로는 서술 방식이나 어투, 형식을 바꿔보는 실험을 통해 글에 변화를 줄 수 있다. 예를 들어 단편소설에 시적인 서술을 가미하거나 에세이에 대화 형식을 도입하는 것 등이다.

③ **비주얼 요소의 사용**: 이미지, 그래프, 표 등 비주얼 요소를 적절히 사용하여 글의 내용을 보충하고, 시각적 흥미를 제공한다.

3) 균형 유지를 위한 전략

① **독자 반응 고려하기**: 글을 쓰는 동안 독자의 반응을 상상하며, 어떤 부분에서는 일관성을 유지하면서도 어떤 부분에서는 새로운 요소를 도입할지 결정하는 것이 좋다.

② **피드백 활용하기**: 독자나 동료 작가로부터의 피드백을 활용하여 작품의 일관성과 변화가 잘 균형을 이루고 있는지 검토하고 조정할 수 있다.

③ **자기 검토와 수정 과정**: 작품을 여러 번 검토하고 수정하는 과정에서 일관성과 변화 사이의 균형을 미세 조정한다. 이 과정을 통해 작품의 강점을 강화하고 약점을 보완할 수 있다.

일관성과 변화의 균형은 작품이 독자에게 깊은 인상을 남기고, 메시지를 효과적으로 전달하는 데 필수적이다. 이 균형을 잘 관리함으로써 작가는 자신의 창의력을 최대한 발휘할 수 있으며, 독자는 작품을 읽는 내내 새로움과 안정감을 동시에 느낄 수 있다.

10강

구조와 흐름 조직화

글의 구조 설계
명확한 전개를 위한 단락 구성

구조와 흐름 조직화

1. 글의 구조 설계

1) 구조의 중요성

구조란 글의 전반적인 뼈대를 말한다. 잘 짜인 구조는 독자가 내용을 이해하고 따라가기 쉽도록 돕는다. 효과적인 구조는 독자의 관심을 유지하고, 작가의 생각과 느낌을 명확하게 전달하는 데 필수적이다. 구조를 설계할 때는 서론, 본론, 결론의 전통적인 모델을 따를 수도 있고, 주제와 목적에 따라 더 창의적인 접근을 시도할 수도 있다.

조지 오웰의 『코끼리를 쏘다Shooting an Elephant』

잘 짜인 구조를 보여주는 명수필로 조지 오웰의 『코끼리를 쏘다』를 들 수 있다. 이 수필은 오웰이 버마에서 경찰관으로 근무하던 시절 경험한 사건을 바탕으로 쓰여졌다. 수필은 강력한 서론으로 시작해 본론에서는 사건의 발전을 따라가며, 결론에서는 그 사건이 오웰 자신과 제국주의에 대해 어떤 교훈을 주었는지를 성찰한다.

- 서론

  오웰은 버마_{현재의 미얀마}에서의 자신의 위치와 제국주의에 대한 자신의 감정을 솔직하게 표현하며 시작한다. 그는 제국주의를 반대하지만, 현지인들에게 미움받는 영국인의 지위에 있음을 인정한다. 이는 독자에게 작가의 내적 갈등과 주제에 대한 배경을 제공한다.

- 본론

  본론에서는 코끼리가 마을을 휩쓸고 다니며 발생한 사건을 상세히 묘사한다. 오웰은 코끼리를 죽여야 하는지에 대한 내적 갈등에 직면한다. 그는 현지인들의 기대와 자신의 도덕적 신념 사이에서 갈등한다. 이 부분은 오웰의 갈등을 중심으로, 사건의 긴장감을 높이며 전개된다.

- 결론

  글의 마지막에서 오웰은 코끼리를 쏘는 결정이 제국주의의 권력 구조와 그가 그 안에서 차지하는 위치에 의해 어떻게 영향을 받았는지를 성찰한다. 그는 자신의 행동이 개인적인 선택보다는 외부 압력에 의해 좌우되었음을 깨닫는다.

『코끼리를 쏘다』는 구조가 명확하게 잘 짜여 있으며, 각 부분이 전체 주제와 긴밀하게 연결되어 있다. 서론에서는 문제를 제시하고, 본론에서는 그 문제를 통해 발생한 사건과 내적 갈등을 탐구하며, 결론에서는 그 경험이 작가에게 어떤 의미였는지를 반영한다. 이 수필은 구조를 통해 강력한 메시지를 전달하는 탁월한 예시로, 각 부분이 서로를 강화하며 독자로 하여금 깊은 성찰을 하게 만든다.

2) 의식의 흐름 기법

글의 흐름은 생각과 아이디어가 얼마나 자연스럽게 연결되고 전개되는지를 나타낸다. 좋은 흐름은 글을 읽는 동안 독자가 방향을 잃지 않도록 하며, 각 아이디어와 단락이 서로를 보완하고 강화하도록 한다. 흐름을 조직화하는 것은 글쓰기의 미묘한 예술로서 전환 문구의 사용, 주제 문장의 명확성 그리고 아이디어의 순차적 배열 능력이다. 다음 두 작품은 의식의 흐름 기법이 잘 나타난 작품들이다. 일반적인 산문에서는 많이 사용되지 않는 수법이지만 글쓰기의 심오한 방식 중 하나이므로 이해하고 넘어가기로 하자.

버지니아 울프의 소설 『등대로To the Lighthouse』

버지니아 울프의 『등대로』는 소설이지만 서술 방식은 수필적 기법을 취하고 있다. 울프는 내면의 흐름stream of consciousness 기법을 통해 인물의 심리와 의식의 흐름을 섬세하게 포착하면서, 문학적 흐름을 유려하게 표현하는 데 탁월하다.

현기영의 단편소설 「순이 삼촌」

현기영의 단편소설 「순이 삼촌」은 의식의 흐름 기법을 잘 사용한 작품으로 꼽힌다. 이 작품은 제주 4·3 사건을 배경으로 하며 주인공의 내면적 갈등과 고통 그리고 당시의 혼란스러운 사회적 상황을 깊이 있게 다루고 있다. 현기영 작가는 내면의 목소리와 외부 세계 사이의 긴장을 세밀하게 포착하며, 의식의 흐름 기법을 통해 인물의 심리적 변화를 섬세하게 묘사한다.

「순이 삼촌」에서는 주인공이 겪는 내면의 갈등과 외부 세계와의 관계를 통해 인간의 본질적인 고뇌를 탐구한다. 이 작품은 의식의 흐름을 통해 인물의 심리적 경험을 생생하게 전달한다. 현기영의 섬세한 문체와 깊은 인간 이해는 이 기법을 통해 더욱 빛을 발한다.

3) 구조와 흐름의 조화

어떤 글에서든 구조와 흐름은 밀접하게 연결되어 있다. 효과적인 구조 없이는 글의 흐름을 조직화하기 어렵고, 좋은 흐름 없이는 구조가 그 목적을 달성하기 어렵다. 작가는 구조를 통해 글의 틀을 설정하고, 흐름을 통해 그 틀을 채워 나가며 독자의 관심을 유지하고 메시지를 전달한다. 글의 구조와 흐름의 조화를 보여주는 예로 필자의 작품 「우리는 모두 한 떨기 꽃이다」를 소개한다.

....

 역사란 그 속에서 살다 간 수많은 사람들의 삶의 내력이다. 가족사의 흥망은 구성원을 이루는 가족 한 사람 한 사람의 역사의 집체이고, 한 개인의 파란만장한 생애가 외연을 넓히면 국가의 운명과도 맞물린다. 회자되기를, 운명은 타고나는 것이라는데 그런 생각은 우리에게 삶의 주체적 지위를 포기하도록 하는 건 아닌지 생각해본다. 운명이 진행형이라는 것을 안다면 그것은 선천적이라기보다 오히려 후천적 개념에 가깝게 된다.

　운명을 수용할 것인가 그것과 대결할 것인가 하는 것은 개인의 결정이다. 어느 쪽이 더 바람직하다고 단언할 수는 없다. 다만 운명은 시간의 물리적 변용이라는 것이다. 운명은 시간을 앞서 갈 수 없다. 시간도 운명을 재촉하지 않는다. 점점이 쌓여가는 일상, 운명은 그것들 위에 새겨진다. 우리가 운명을 위해 할 수 있는 것은 매 순간 더 나은 선택을 위해 고민하며 진정을 다해 그 길을 걸어가는 것뿐이다. 이 선택의 현장에서 어떤 결정, 어떤 선택을 할 것인지는 주체의 태도에 달려 있다. 이 태도가 주체의 운명이 된다.

　한국에는 신년 초가 되면 사주팔자라는 것을 보는 사람이 많다. 사주팔자란 운명을 커닝하는 것쯤 된다. 자신이 태어난 날과 시간을 두고 내 운명이 어떻게 전개될지 예측해 보는 것이다. 그런데 놀라운 건 우리가 흔히 생각하는 것처럼 사주팔자가 그렇게 결정적이지 않다는 것이다. 10년 후, 20년 후 다시 사주를 보면 운명이 처음과 달라져 있는 것을 발견할 수 있다. 운명은 타고나는 것이 아니라 그 사람의 삶의 궤적이라는 데에 생각이 미치는 이유다. 내게 이 사실은 놀라운 발견이다. 그러고 보면 운명이란 것은 신의 영역에 있는 것이 아니라 사람의 의지 범위에 속해 있다는 것에 방점을 찍게 된다. 운명을 비관하면서 발전이나 변화의 의지를 보이지 않은 사람의 사주는 오랜 시간이 지난 후에 더욱 나쁘게 나오고, 노력하며 자신의 운명을 개척해 나갔던 사람의 사주는 오랜 시간이 지난 후 그것을 다시 봤을 때 달라져 있는 것이다. 운명은 숙명이 아니다. 교훈이다. 얄궂은 운명과도 친구하며 자신의 길을 간 사람은 그것을 비관하며 한탄만 하면서 시간을 보낸 사람과 분명 다른 역사를 쓰게 된다. 그들이 황혼에 맞이하는 인생도 다를 수밖에 없다.

중국의 문호 루쉰은 인생의 큰 난관을 두 가지로 보았다. 하나는 갈림길에 섰을 때고 하나는 막다른 길에 몰렸을 경우다. 그러면서 루쉰 자신은 갈림길에 섰을 때 의연히 자신이 선택한 길을 갔고, 막다른 길에 섰을 때도 그 앞으로 성큼 걸어갔다고 말했다. 갈림길에서 자신이 선택한 길을 갈 수 있는 데는 그 길을 선택했을 때의 나름의 근거와 이유가 있었기 때문이라는 것이고, 막다른 길에서도 여전히 걸어갈 수 있는 것은 온통 가시밭뿐이어서 결코 갈 수 없는 길은 한 번도 맞닥뜨려본 적이 없기 때문이라고 잘라 말했다. 루쉰에게 운명은 생을 짓누르는 거대한 힘이 아니었다. 때로 타협하고 때로 몸부림치면서 천착해 가는 길, 그런 것이었다.

중국 작가 위화의 장편소설 『인생』을 읽었다. 위화는 주인공 푸구이의 파란의 일생을 회상 형식으로 그려낸다. 끝없이 가혹한 운명과 마주하는 푸구이, 그러나 그는 운명을 탓하며 주저앉지 않고 운명과 친구하며 다시 걷는다. 어떤 상황에 닥쳤을 때 어떤 해석을 내리는가 하는 것이야말로 운명일지 모른다. 해석의 결과는 우리들 각자를 각기 다른 출구에 내려놓기 때문이다.

소설에서 푸구이는 어떤 원망도 늘어놓지 않는다. 그의 인생은 아들과 딸의 죽음, 손자의 죽음과 아내 자전의 죽음을 차례로 보듬으며 성숙의 지경으로 완성되어 간다. 좌절은 푸구이에게 절망을 안기는 대신 인생의 바다로 더 멀리 나아가게 한다. 중국의 문화혁명기를 살아 낸 푸구이는 세상을 잘못 만나서 또한 자신의 못남 때문에 세상에 내놓을 업적 하나 남기지 못했지만 운명과 척지지 않으면서 운명의 주인이 된다. 우리는 푸구이가 구비치는 인생을 넘으면서도 한 순간도 삶의 끈을 놓지 않음을 본다. 누추한 생애를 구차하지 않게 살아내는 노력, 이것이 인생을 위대하게 한다. 인생은 관조나 굴종의 대상이 아니다. 인생은 우리들의 일터다. 살아간다는 건 새로운 장르를 개척하는 일이며, 자신의 역사를 쓰는 일이다. 세상이 알아줄 만한 성취 하나 이룬 것이 없지만 푸구이의 일생은 거대한 감동으로 밀려온다.

변변치 못한 생애란 없다. 꽃은 저마다 피는 시기가 다르고, 저마다 다른 향기를 지니며, 저마다 다른 빛깔로, 저마다 다른 언덕에서 피어난다. 생애를 다하고 씨앗으로 아물 때까지 꽃의 생애는 그리하여 찬란하다. 우리는 모두 한 떨기 꽃이다. 인생은 저물어 가는 것이 아니라 익어가는 것이고, 죽음은 대지에 씨앗을 떨구는 일이다.

–명진, 「우리는 모두 한 떨기 꽃이다」 전문

💬 **질문(프롬프트): 구조와 흐름의 조화라는 측면에서 위의 글을 분석해 줘.**

제시된 글은 구조와 흐름의 조화라는 측면에서 상당히 잘 작성되었다고 볼 수 있습니다. 글은 몇 가지 주요 요소들을 통해 이러한 조화를 이룹니다:

(1)서론에서는 '운명'과 개인의 삶이 어떻게 연결되는지에 대한 철학적인 질문을 제기함으로써 독자의 관심을 끕니다. 이는 주제에 대한 탐색을 시작하는 효과적인 방법입니다.

(2)본론에서는 운명에 대한 다양한 관점을 탐구합니다. 사주팔자와 같은 문화적 관행을 언급하며, 운명이라는 개념이 어떻게 시간과 개인의 삶의 궤적에 의해 변화하는지 설명합니다. 이는 운명이 선천적인 것이 아니라 후천적으로 형성되는 것임을 강조합니다.

(3)예시를 통해 이러한 개념을 실제 인물과 연결합니다. 중국 문호 루쉰과 작가 위화의 작품을 통해, 운명과 개인의 의지가 어떻게 상호작용하는지 구체적으로 보여줍니다.

(4)결론에서는 운명을 어떻게 받아들이고 대처해야 하는지에 대한 작가의 생각을 정리합니다. 인생을 꽃에 비유하며, 각자의 삶이 주체적으로 꽃을 피우는 과정임을 강조함으로써 글을 마무리합니다.

글 전체를 통해, 운명이라는 중심 주제를 둘러싼 여러 아이디어들이 잘 조직되어 있고, 각 섹션이 순차적이고 논리적으로 연결되어 있습니다. 이러한 구성은 독자가 글의 메시지를 쉽게 따라갈 수 있게 하며, 작가가 전하고자 하는 바를 명확하게 이해할 수 있도록 합니다. 전체적으로, 글은 주제에 대한 깊은 탐구와 개인적인 성찰을 잘 통합하여, 읽는 이로 하여금 운명에 대한 새로운 관점을 고민하게 만드는 강력한 흐름을 갖고 있습니다.

4) 구조와 흐름을 조직화하기 위한 작업

구조와 흐름을 조직화하는 실제 방법으로는 브레인스토밍, 아웃라인 작성, 초안의 반복적인 수정과 개선이 포함된다. 작가는 독자가 글을 따라가는 데 어려움을 겪지 않도록 문단 간의 자연스러운 연결과 전환을 보장해야 한다. 글의 각 부분이 서로를 강화하고, 전체적인 메시지와 감정을 효과적으로 전달하도록 하는 것이 목표다.

2. 명확한 전개를 위한 단락 구성

명확한 전개를 위한 단락 구성은 글쓰기에서 핵심적인 요소이다. 각 단락은 하나의 완결된 생각을 전달하며, 이러한 단락들이 모여 전체 글의 구조를 이룬다. 명확한 단락 구성을 통해, 작가는 독자가 글의 전개를 쉽게 따라갈 수 있도록 돕고, 중요한 정보나 아이디어를 효과적으로 전달할 수 있다.

단락 구성의 첫 번째 단계는 각 단락의 주제 문장을 확립하는 것이다. 주제 문장은 단락의 핵심 아이디어를 간략하게 요약하며, 이는 독자가 단락의 방향을 빠르게 파악하도록 돕는다. 주제 문장은 단락의 시작 부분에 위치하는 것이 일반적이지만, 때로는 단락의 끝이나 중간에 배치되기도 한다.

다음으로, 각 단락은 주제 문장에서 제시된 아이디어를 발전시키고 구체화하는 내용을 포함해야 한다. 이는 예시, 설명, 분석, 인용 등 다양한 방법을 통해 이루어질 수 있다. 단락 내의 모든 문장은 주제 문장과 직접적으로 관련되어야 하며, 주제와 관련 없는 정보는 피해야 한다.

또한, 단락 간의 전환은 매끄럽게 이루어져야 한다. 이를 위해 전환 문구나 문장을 사용하여 이전 단락에서 다음 단락으로의 이동을 자연스럽게 연결할 수 있다. 이러한 연결은 글의 흐름을 유지하고, 독자가 글의 논리적 전개를 쉽게 따라갈 수 있도록 한다.

마지막으로, 각 단락은 전체 글의 구조 안에서 특정한 위치와 목적을 갖는다. 서론 단락은 주제와 주장을 소개하며, 본문 단락들은 주장을 지지하는 근거와 정보를 제공한다. 결론 단락은 글의 주요 아이디어를 요약하고 독자에게 생각할 거리를 제공한다.

명확한 전개를 위한 단락 구성은 글쓰기의 명료성과 설득력을 높이는 데 결정적인 역할을 한다. 각 단락이 명확하게 조직되고 서로 연결되어 있을 때, 글은 더욱 강력한 메시지를 전달하고 독자의 이해와 관심을 끌 수 있다.

11강

강력한 시작과 마무리

독자를 사로잡는 서론 쓰기

기억에 남는 결론 작성법

— 11강 —
강력한 시작과 마무리

1. 독자를 사로잡는 서론 쓰기

서론은 독자의 주의를 끌고 글의 주제에 대한 관심을 유발하는 첫 번째 단계다. 강력한 서론을 쓰기 위해서는 다음 전략들을 고려할 수 있다.

① **후크 사용하기**: 재미있는 사실, 충격적인 통계, 감동적인 이야기 또는 질문을 사용해 독자의 호기심을 자극한다.

② **중요성 강조하기**: 글의 주제가 왜 중요한지, 독자가 왜 관심을 가져야 하는지를 명확하게 한다.

③ **개요 제공하기**: 글에서 다룰 주요 포인트나 아이디어의 간략한 개요를 제공해 독자가 글의 방향을 이해할 수 있도록 한다.

독자를 사로잡는 서론의 예시로는 제임스 볼드윈의 수필 「원주민 아들의 노트Notes of a Native Son」를 들 수 있다. 볼드윈은 이 수필에서 자신의 경험을 통해 인종, 정체성 그리고 아버지와의 관계를 탐구한다. 서론 부분은 강렬하고 개인적이며, 독자의 감정을 자극하는 볼

드윈의 서술 방식으로 인해 매우 인상적이다. 그는 서론에서 아버지의 장례식과 자신의 생일 그리고 폭동이라는 세 가지 중대한 사건을 동시에 언급함으로써 독자에게 깊은 인상을 남기고, 글의 나머지 부분에 대한 기대감을 형성한다. 강렬한 인상을 남기는 도입부를 가진 고전 중 하나는 찰스 디킨스의 장편 소설 『두 도시 이야기A Tale of Two Cities』이다. 이 작품은 1859년에 발표되었으며 특히 그 시작 문장은 영문학에서 가장 유명한 문장 중 하나로 꼽히고 있다.

예시: 찰스 디킨스의 『두 도시 이야기』 중에서

 최고의 시기였다, 최악의 시기였다, 지혜의 시대였다, 어리석음의 시대였다, 믿음의 계절이었다, 불신의 계절이었다, 빛의 시절이었다, 어둠의 시절이었다, 희망의 봄이었다, 절망의 겨울이었다, 모든 것이 우리 앞에 있었다, 모든 것이 우리 뒤에 있었다, 우리 모두가 직접 천국으로 향하고 있었다, 우리 모두가 다른 방향으로 행하고 있었다―현재의 시대와 같이, 한편으로 어떤 국왕의 지배를 받는 나라들 중 하나에서도, 한편으론 어떤 국왕의 지배를 받지 않는 나라들 중 하나에서도, 이 시기가 그처럼 확고한 믿음을 받아들일 만큼 좋은 시기는 아니었다.

이 서문은 당시 프랑스와 영국의 상황을 상징적으로 보여주면서 소설 전체를 관통하는 대비와 충돌을 세련되게 설정한다. 이 문장은 불확실하고 혼란스러운 시대의 모습을 포착하며 독자들에게 강렬한 첫인상을 준다. 이 서문은 또한 독자들에게 시대의 복잡성과 인간 상황의 극단을 예고하며, 소설의 서사를 효과적으로 전개하는 데 기여한다.

첫 단락의 의미

서론 중에서도 도입부에 해당하는 첫 단락에서는 글의 주제와 아이디어를 명확히 제시하여 독자가 글의 맥락을 이해할 수 있도록 한다. 도입부를 통해 독자에게 글의 구조와 내용에 대한 기대를 설정할 수 있다. 이는 글을 읽는 동안 독자가 정보를 어떻게 처리할지를 결정할 수 있게 한다. 감동적이거나 공감을 자아내는 도입은 독자와의 감정적 연결을 형성하는 데 도움을 준다.이런 이유로 도입부는 글의 성공에 결정적인 역할을 하며, 글 전체의 분위기를 조성한다. 독자를 사로잡을 수 있는 기회는 여기에 있다.

도입부 예시:

우리는 매일 수많은 결정을 내린다. 그러나 그 중 일부 결정은 우리 인생의 방향을 바꿀 수 있는 중대한 영향을 끼친다. 이 글에서는 중대한 결정을 내리는 과정에서 마음의 평화를 유지하는 방법을 탐구한다. (chatGPT 생성)

이 도입부를 통해 독자는 다음과 같은 본문 내용을 짐작할 수 있다.

(1) **중대한 결정의 정의와 예시:** 글은 먼저 중대한 결정이 무엇인지를 정의하고, 일상 생활에서 이러한 결정들이 어떤 형태로 나타나는지에 대한 구체적인 예를 제시할 것이다. 예를 들어, 경력 변경, 결혼, 이사, 큰 투자와 같은 인생의 중요한 분기점이 될 수 있는 결정들을 설명할 수 있겠다.

(2) **결정의 중요성 이해:** 중대한 결정이 왜 중요한지, 이 결정들이 개인의 삶에 어떻게 영향을 미칠 수 있는지에 대한 분석을 포함할 것이다. 이 부분에서는 결정의 중요성을 강조하고, 잘못된 결정이 가져올 수 있는 부정적인 결과들에 대해서도 논의할 수 있다.

(3) **결정과정에서의 심리적 요인:** 결정을 내리는 과정에서 개인이 겪을 수 있는 심리적 압박이나 스트레스, 불안감 등을 탐구할 것이다. 이런 감정들이 결정 과정에 어떻게 영향을 미치는지, 그리고 이를 관리하지 못했을 때의 부작용을 설명할 수 있다.

(4) **마음의 평화를 유지하는 전략:** 가장 중요한 부분으로, 중대한 결정을 내릴 때 마음의 평화를 유지하기 위한 구체적인 전략이나 기술을 제공할 것으로 보인다. 이는 명상, 상담, 장단점 리스트 작성, 충분한 정보 수집, 의사결정 기간 설정 등이 포함될 수 있다.

(5) 사례 연구 또는 인터뷰: 실제 사례 연구나 전문가 인터뷰를 통해 이론적 내용을 실제 사례로 연결하며, 다른 사람들이 중대한 결정을 어떻게 처리했고, 어떤 전략이 효과적이었는지를 탐구할 수 있다.

이런 도입부로 작성되는 본문은 다음과 같은 결말을 예측하게 한다.

인생의 중대한 결정 앞에서 우리 모두는 불확실성과 두려움을 경험한다. 그러나 신중한 고민과 명확한 가치관을 바탕으로 결정을 내린다면, 우리는 어떤 결과에도 평화롭게 마주할 수 있다. 이제 당신 앞에 놓인 선택을 신중하게 고려해 보자. 당신의 내면의 목소리에 귀 기울이면, 올바른 길이 무엇인지 알게 될 것이다. (chatGPT 생성)

우리는 도입부 몇 줄을 읽은 것만으로 이 글의 결말까지 유추할 수 있게 되었다. 잘못 쓰인 도입부는 이런 상상이 가능하지 않기 때문에 독자가 작품에 흥미를 잃고 관심을 다른 데 빼앗기는 결과를 낳을 수 있다.

2. 기억에 남는 결론 작성법

결론은 글을 마무리하며 독자에게 강한 인상을 남기는 부분이다. 기억에 남는 결론을 작성하기 위한 몇 가지 방법은 다음과 같다.

① **주요 아이디어 재강조하기**: 글의 핵심 메시지나 주장을 다시 한 번 강조해 독자의 기억에 남도록 한다.

② **반성적 질문 제시하기**: 독자가 글의 주제에 대해 더 깊이 생각하게 하는 질문을 제시한다.

③ **행동 촉구하기**: 독자에게 특정한 행동을 취하도록 격려하는 콜 투 액션 Call to Action을 포함한다.

법정 스님의 수필은 그의 깊은 성찰과 사유를 통해 독자에게 삶의 본질적인 가치를 일깨워 주는 특징이 있다. 그의 글은 일상에서의 작은 발견부터 인생과 죽음에 이르기까지 다양한 주제를 담백하고 깊이 있는 시각으로 다룬다. 그의 작품 중 「아름다운 마무리」는 강력한 결말의 좋은 예가 될 수 있다.

그 외 조셉 콘래드의 작품 『어둠의 심연 Heart of Darkness』의 결말을 예로 들 수 있다. 『어둠의 심연』은 유럽 제국주의와 인간 본성의 어두운 면을 탐구하는 소설이다. 이 소설의 마지막 문장은 주인공인 마로우가 커츠가 죽기 전에 남긴 마지막 말을 회상하는 장면이다. 콘래드는 마로우의 깊은 절망과 인간 조건에 대한 통찰을 한 문장으로 명쾌하게 보여 준다. 여기 그 결말 문장이 있다.

 그는 두려운 고독 속에서 죽었고 그의 마지막 속삭임은 소름 끼치도록 적막한 '공포, 공포!'였다.

이 짧지만 강력한 문구는 소설 전체를 관통하는 중심 주제를 강조하며, 커츠의 삶과 죽음이 인간의 야만성과 문명 사이에서의 긴장을 어떻게 상징하는지를 드러낸다. 마로우의 말을 통해 전달된 이 마지막 메시지는 독자에게 깊은 인상을 남기며, 문명의 얼굴 뒤 숨겨진 어둠을 성찰하게 한다. 이 결말은 하나의 문장이지만 소설의 주제를 강조하는 데 매우 효과적으로 작용하며, 조셉 콘래드의 작품 중에서도 가장 기억에 남는 문장 중 하나로 문학사에서 매우 중요하게 거론되는 문장이다.

강력한 결말의 효과

도입부가 독자를 글 속으로 초대하는 역할을 한다면 강력한 결말은 독자의 기억에 오랫동안 남도록 하는 역할이다. 예시문을 통해 확인해 보자.

결말 단락 예시:

....

우리는 종종 큰 변화를 두려워하며, 결정의 순간에 주저하곤 한다. 그러나 우리가 직면한 선택들은, 그것이 아무리 사소해 보일지라도, 우리 인생의 궤적을 형성하는 데 결정적인 역할을 한다. 모든 결정에는 그에 따른 결과가 있으며, 우리는 그 결과를 통해 배우고 성장한다. 이제 당신 앞에 놓인 선택을 두려워하지 말고, 그 선택을 통해 무엇을 배울 수 있을지, 어떻게 성장할 수 있을지를 고민해 보라, 그리고 기억하라, 우리의 삶은 결정의 연속이며, 오늘 내리는 결정이 내일의 우리를 만든다. 자신 있게 한 걸음 내딛는 것만으로도, 이미 당신은 자신의 운명을 개척하는 중이다. (chatGPT 생성)

....

이 결말은 독자에게 긍정적이고 자극적인 메시지를 전달하며, 행동을 촉구한다. 결정의 중요성과 그 결과를 수용하는 태도의 중요성을 강조하고, 독자에게 용기와 자신감을 심어주는 강력한 마무리다.

알렉산드르 솔제니친의 소설 「이반 데니소비치의 하루」의 결말도 살펴보기 바란다. 이 소설은 소비에트 연방의 강제 노동 수용소에서 하루를 보내는 주인공, 쉬흐로프의 일상을 따라간다. 소설은 쉬흐로프가 겪는 일상적인 고난과 소소한 성취들을 통해 그의 내면적인 강인함과 생존 의지를 묘사하고 있다. 결말에서는 쉬흐로프가 그날을 살아 내고 소소한 성공을 이루었다는 만족감과 함께 하루를 마감한다. 이 작품의 결말은 강제 노동 수용소라는 암울한 환경 속에서도 인간의 의지와 내면의 힘이 어떻게 희망을 찾아낼 수 있는지를 보여주며, 비록 조심스럽지만 긍정적인 느낌을 전달한다.

소설은 주인공이 침대에 누워 그날이 자신의 수용소 생활 중 가장 행복한 날 중 하나였다고 생각하며 끝난다. 그는 감사하는 마음과 함께 다음 날을 맞을 준비를 한다. 솔제니친은 주인공이 그의 삶에서 작은 성취가 어떻게 큰 의미를 갖게 되는지를 감동적으로 그려 내며 가슴 아린 여운을 남긴다. 우리에게 기억되는 결말 중 하나다.

AI 활용,
단숨에 뚝딱!
책 쓰기

12강

주제의 심각성:
표면 주제와 이면 주제

주제의 심각성: 표면 주제와 이면 주제

글쓰기 과정에서 주제의 선택은 중요한 첫걸음이다. 특히 주제의 양면성은 글을 보다 풍부하고 다층적으로 만들며 독자의 사고를 자극한다. 이 강의에서는 주제 설정하기, 보편성과 특수성, 제목 정하기에 대해 다룬다. 액면 그대로 글의 구조를 형성하는 표면에 드러난 주제를 '표면 주제', 글을 한꺼풀 벗기고 봐야 보이는 주제를 '이면 주제'라고 한다. 대개의 잘 쓰인 글은 주제의 양면성을 획득하고 있다.

1. 주제 설정하기: 양면성의 중요성

글쓰기 과정에서 주제를 설정하는 단계는 전체 작업의 방향과 톤을 결정짓는 핵심적인 과정이다. 특히 주제의 양면성을 고려하는 것은 글을 더욱 풍부하고 다층적으로 만드는 데 있어 필수적인 요소이다. 양면성이란 표면상 어떤 정보를 제공하는 것처럼 보이지만 제시된 정보를 한꺼풀 들어올리면 그 속에 작가의 통찰이 들어 있는 경우를 가리킨다. 이는 정보 제공 이상의 메시지를 담아 내는 기법이며, 독자로 하여금 주제에 대해 보다 깊이 있고 복합적으로 사고하게 만든다. 또한 글이 단순한 내용 전달의 수단이 아니라 독자와의 대화의 창구가 되게 하고, 독자로 하여금 자신만의 결론을 도출하도록 유도한다.

양면성을 고려한 주제 설정은 독자에게 문제의 여러 측면을 고려할 기회를 제공한다. 이는 글이 단일한 관점에 치우치지 않고 다양한 해석과 이해를 가능하게 함으로써 글의 가치와 영향력을 증대한다. 주제에 대한 양면적 접근은 글을 통해 제시되는 아이디어와 주장에 신뢰감을 더하고 설득력을 갖게 만든다. 이는 독자가 문제에 대해 단순한 해답을 찾는 것이 아니라 스스로 생각하고 성찰하는 과정을 거치게 만들며 이 과정에서 독자 스스로가 새로운 인식과 통찰을 얻을 수 있도록 한다.

또한 주제의 양면성을 탐구함으로써 글쓴이는 보다 깊이 있는 연구와 분석을 수행하게 되며, 이는 글의 깊이와 넓이를 동시에 확장시킨다. 양면성을 고려하여 선정된 주제는 글쓴이로 하여금 주제에 대한 폭넓은 이해와 다각도의 접근을 가능하게 하며, 이는 결국 글의 질을 높이는 결과로 이어진다. 양면적 접근은 글쓴이가 주제에 대해 더욱 섬세하고 깊이 있는 논의를 펼칠 수 있게 하며, 독자에게도 해당 주제에 대한 보다 포괄적이고 균형 잡힌 시각을 제공한다.

주제의 양면성을 고려한 주제 설정은 글쓰기의 본질적인 목적 중

하나인 탐색과 성찰 그리고 대화의 촉진을 강화한다. 이러한 접근 방식은 글이 독자와의 의미 있는 소통의 매개체가 되게 함으로써 글쓰기와 독서 모두에 깊이와 가치를 부여한다. 따라서 글쓴이는 주제를 선정할 때 양면성을 신중히 고려해야 하며, 이는 글의 영향력과 지속 가능한 가치를 극대화하는 데 중요한 역할을 한다.

2. 보편성과 특수성: 주제의 다면성 획득 방법

글쓰기에서 주제의 보편성과 특수성은 글이 가지는 매력과 깊이를 결정짓는 중요한 요소다. 보편성은 다수의 독자가 공감할 수 있는 범위를 포함하는 반면, 특수성은 주제를 독특하고 개별적인 관점에서 접근하는 것을 의미한다. 이 두 가지 요소를 적절히 결합함으로써 글은 더욱 풍부하고 다층적인 메시지를 전달할 수 있다.

1) 보편성 획득 방법

(1) 인간의 기본적 감정과 경험 탐구: 사랑, 상실, 희망, 공포와 같은 보편적인 감정과 경험에 초점을 맞추면, 다양한 배경을 가진 독자들로부터 공감을 이끌어낼 수 있다. 이러한 감정과 경험은 모든 인간이 공유하는 것으로, 주제에 깊이를 더하는 동시에 넓은 독자층에게 어필할 수 있다.

(2) 시대를 초월하는 주제의 탐색: 인간 존재의 의미, 자유, 정의 등 시

대를 초월해 중요성을 지닌 주제들을 탐구함으로써 보편성을 확보할 수 있다. 이러한 주제들은 다양한 시대와 문화에서도 관련성을 가지며, 독자들이 자신의 삶과 연결 지어 생각할 수 있는 기회를 제공한다.

2) 특수성 획득 방법

(1) 개인적 경험과 관찰을 바탕으로 한 접근: 자신만의 독특한 경험, 관찰, 생각을 글에 반영함으로써 특수성을 더할 수 있다. 개인적인 이야기나 관찰은 글에 독특한 시각과 목소리를 부여하며, 독자에게 새로운 관점을 제시하는 데 도움이 된다.

(2) 특정한 문화적, 사회적 배경의 탐구: 특정한 사회적, 문화적 배경이나 이슈에 깊이 파고들어 그 안에서 발견한 독특한 이야기와 관점을 탐구함으로써 글에 특수성을 부여할 수 있다. 이는 독자에게 익숙하지 않은 새로운 세계를 열어주며, 독특한 경험을 제공한다.

3) 보편성과 특수성의 조화

주제의 보편성과 특수성 사이의 균형은 글쓰기에서 매우 중요하다. 보편적인 감정이나 경험에 기반한 주제는 넓은 독자층과의 공감대를 형성하고, 특수한 경험이나 관찰은 글에 독특한 색깔과 깊이를 더한다. 이 두 가지 요소를 효과적으로 결합함으로써 글은 다양한 독자에게 어필하면서도 독특한 메시지와 시각을 전달할 수 있다. 글쓴이는 자신의 주제에 대해 깊이 고민하고, 이를 어떻게 표현할지 신중하게 결정하여 보편성과 특수성 사이의 균형을 찾을 수 있다.

3. 제목 정하기: 제목 착안과 효과

제목은 글의 첫인상을 결정한다. 제목만 보고 책을 선택하는 독자가 의외로 많다는 사실을 알아야 한다. 잘 고안된 제목은 글이 독자에게로 향하는 지름길이 될 수도 있다. 제목 착안 과정은 글의 주제, 목적 그리고 내용을 반영하여 독자에게 호기심과 관심을 유발할 수 있는 방향으로 진행되어야 한다. 제목은 글의 내용을 간략하게 요약하면서도, 독자로 하여금 내용을 탐색하고자 하는 욕구를 자극해야 한다.

1) 제목 착안하는 법

(1) **글의 핵심 아이디어나 메시지를 반영**: 제목은 글의 핵심 아이디어나 메시지를 간결하고 명확하게 표현해야 한다. 이는 독자가 글을 읽기 전에 어떤 내용을 기대할 수 있는지를 알려주는 역할을 한다.

(2) **창의성과 독창성 추구**: 흔히 볼 수 있는 표현이나 일반적인 문구보다는, 창의적이고 독창적인 표현을 사용하여 제목을 구성하면 독자의 주목을 끌 수 있다. 독특한 제목은 글이 다른 많은 정보 사이에서도 돋보이게 만든다.

(3) **질문, 놀라움, 호기심 유발**: 제목에 질문을 포함하거나, 독자가 예상치 못한 놀라움을 주는 단어나 구문을 사용하면 호기심을 자극할 수 있다. 독자에게는 글을 읽고 싶도록 하는 강한 동기를 부여한다.

2) 좋은 제목과 잘못 설정된 제목의 효과

(1) 좋은 제목: 좋은 제목은 독자의 관심을 즉각적으로 끌고, 글에 대한 기대감을 형성한다. 이는 글의 독서율을 높이고, 글의 주제나 메시지에 대한 독자의 이해와 기억에 긍정적인 영향을 미친다. 좋은 제목은 글의 성공에 중요한 역할을 하며, 내용에 대한 호기심을 유발하여 독자가 글을 읽기 시작하도록 만든다.

하퍼 리의 소설 『앵무새 죽이기To Kill a Mockingbird』는 좋은 제목의 예가 될 수 있다. 이 제목은 소설의 주제와 분위기 그리고 근본적인 메시지를 함축적으로 담고 있어 매우 인상적이다. '앵무새 죽이기'라는 제목은 무고하고 해를 끼치지 않는 존재에 대해 해악을 끼치지 말라는 교훈을 내포하고 있으며, 소설 속에서 불의에 맞서 싸우는 캐릭터들의 이야기와 깊이 연결된다.

이 제목은 독자들에게 궁금증을 유발하고, 소설을 읽게 만드는 강력한 동기를 제공한다. 동시에 소설을 읽고 나서 제목에 담긴 의미와 상징성을 되돌아보게 만들며, 작품에 대한 더 깊은 이해와 성찰을 가능하게 한다. 『앵무새 죽이기』는 제목이 작품의 주제와 내용을 얼마나 잘 반영하고, 독자의 호기심을 자극할 수 있는지를 보여주는 탁월한 예시다.

(2) 잘못 설정된 제목: 반면 잘못 설정된 제목은 독자에게 혼란을 주거나 글의 내용과 맞지 않는 기대를 형성하게 할 수 있다. 이는 독자의 실망감을 초래하고, 글에 대한 관심이나 신뢰도를 떨어뜨릴 수 있다. 제목이 글의 내용을 정확히 반영하지 않거나 너무 평범하고 관심을 끌지

못하는 경우, 글이 독자에게 소개될 기회를 잃게 될 수 있다.

잘못 설정된 제목은 다음과 같은 특징을 가지며, 이로 인해 작품이 겪을 수 있는 문제점을 암시한다.

3) 잘못 설정된 제목이란

(1) 내용과 불일치: 제목이 작품의 내용, 주제, 분위기와 전혀 맞지 않을 경우, 독자는 혼란을 겪는다. 예를 들어, 작품이 심각한 사회적 이슈를 다루고 있음에도 불구하고 가볍고 유머러스한 제목을 가지고 있다면, 독자의 기대와 실제 내용 사이에 큰 괴리가 생길 수밖에 없다.

(2) 과도한 모호성: 제목이 지나치게 모호하거나 추상적이어서 독자가 내용을 전혀 예상할 수 없는 경우, 이는 독자의 흥미를 끌기보다는 오히려 멀어지게 하는 요소다. 제목이 작품에 대한 힌트를 전혀 제공하지 않으면, 독자는 더 명확한 제목의 다른 작품을 선택할 수 있다.

(3) 지나친 과장: 제목이 내용을 과장하거나 현실과 동떨어진 약속을 할 경우 독자는 작품을 읽고 난 뒤 실망할 수 있다. 이는 작가와 작품에 대한 신뢰를 저하시키며 장기적으로 작가의 명성에 해를 끼칠 수 있다.

4) 잘못 설정된 제목의 영향

(1) 독자의 실망: 잘못된 기대를 형성한 독자는 내용을 읽고 난 후 실망감을 느낄 수 있으며 이는 작품에 대한 부정적인 리뷰로 이어질 수 있다.

(2) **작가 신뢰도 하락**: 제목과 내용의 불일치는 작가에 대한 신뢰도를 저하시키며 독자가 같은 작가의 다른 작품을 선택하는 것을 망설이게 만들 수 있다.

(3) **마케팅 및 판매에 영향**: 잘못된 제목은 작품의 마케팅과 판매 전략에도 부정적인 영향을 미칠 수 있으며, 잠재적인 독자층을 제대로 끌어들이지 못하게 된다.

제목은 글의 성공에 중대한 영향을 미친다. 제목은 글의 첫인상을 결정짓고, 독자와의 첫 번째 접점을 형성한다. 따라서 제목을 신중하게 고민하고 창의적으로 설정해 글의 가치와 메시지를 효과적으로 전달할 수 있도록 해야 한다.

5) 주제의 양면성이 잘 드러난 작품

💬 **질문(프롬프트): 주제의 양면성이 잘 드러난 작품을 알려 줘.**

....

🌀 주제의 양면성을 다룬 작품은 종종 복잡한 인간성이나 사회적 이슈에 대해 깊이 있는 탐구를 제공합니다. 여기 몇 가지 예시를 들어볼 수 있습니다:

1)『1984』by George Orwell: 이 소설은 자유와 억압, 진실과 거짓이라는 양면성을 탐구합니다. 오웰은 독재적인 정부가 어떻게 사

실을 왜곡하고 개인의 자유를 억압하는지를 묘사하며, 권력과 개인 사이의 긴장 관계를 섬세하게 그려냅니다.

2) 『햄릿』 by William Shakespeare: 셰익스피어의 이 비극은 복수와 용서, 삶과 죽음, 정신적 안정과 불안정이라는 주제를 극적으로 다룹니다. 햄릿은 아버지의 죽음에 대한 복수를 갈망하지만, 동시에 도덕적, 철학적 딜레마에 빠져 행동을 주저합니다.

3) 〈블랙스완〉(영화, 감독: Darren Aronofsky): 이 영화는 예술과 광기, 순수와 타락이라는 양면성을 탐구합니다. 주인공 발레리나는 완벽을 추구하면서 동시에 자신의 어두운 면과 마주해야 합니다. 이 과정에서 그녀는 예술적 성취와 개인적 붕괴 사이를 오가는 극단적인 변화를 겪습니다.

4) 『지킬 박사와 하이드 씨』 by Robert Louis Stevenson: 이 소설은 인간 내면의 선과 악이라는 주제를 다룹니다. 주인공 지킬 박사는 자신의 양면성을 실험적으로 분리하려 시도하며, 내면의 악한 면을 하이드 씨라는 다른 인격으로 분리시킵니다. 이 이야기는 인간 본성의 이중성을 강조합니다.

이러한 작품들은 양면성이라는 주제를 다루면서 인간의 복잡한 내면이나 사회적 이슈를 섬세하게 탐구합니다. 독자나 관객에게 깊은 사색을 유도하고, 종종 자신들의 삶에 대한 반성이나 사회에 대한 비판적인 시각을 갖게 합니다.

13강

다방면에서 활약하는 AI

미술계에 등장한 AI
주식 시장에 등장한 AI
더 강력한 AI 등장 예고

13강
다방면에서 활약하는 AI

1. 미술계에 등장한 AI

지난 3월 2일자 중앙일보 기사에 따르면 미술계에도 이미 AI 바람이 불고 있다. 2월에는 서울 리움미술관에서 프랑스 출신 작가 필립 파레노가 〈보이스VOICE〉라는 제목으로 대규모 개인전을 열었는데, 언어학자와 협력해 AI를 탑재하여 주변환경에 반응하는 작품을 선보였다는 것이다. 파레노는 "가상의 존재가 탑에 살면서 주변환경의 미세한 변화(미술관 외부의 날씨 온도 등)를 느끼는 설정"이라고 설명했다. 이 존재는 천천히 느끼고 천천히 말하기 시작한다. 목소리는 한국 배우 배두나의 음성이다. 한국의 작가 노상호 역시 AI가 생성한 이미지를 기반으로 한 회화 작품을 서울 아라리오 갤러리에서 전시한 바 있다고 한다. AI 이미지 생성기에 사진의 일부를 주고 나머지 부분을 상상하라고 명령하거나 몇 가지 사진을 합성하라고 해서 나온 결과물을 작가가 편집하여 캔버스에 에어브러시로 옮겨 그린 작품들이었다. 기사를 접했으니 AI와 함께 그림을 그려보기로 하자.

질문(프롬프트): **조개 캐는 할머니 뒷모습을 수채화로 그려 줘.**

이 그림을 응용하거나 변용해서 화가는 자신의 작품을 창작할 수 있다. 필자는 질문을 이어, 이 그림에 소년을 추가해 달라는 주문을 했다. 그러나 chatGPT로부터 아쉬운 답을 얻었다.

질문(프롬프트): **이 그림에 바위에 걸터 앉아 할머니를 보고 있는 소년 을 추가해줘.**

chatGPT(답): 죄송해요, 이미 존재하는 이미지에 새로운 요소를 추가 하거나 변경하는 것은 할 수 없어요. 하지만 처음부터 새로운 이미지 를 만들어 소년이 포함된 장면을 생성하는 데 도움을 줄 수 있습니다.

필자는 단순한 시도를 한 것이지만 AI 뮤즈가 할 수 없는 바로 그 지점으로부터 인간 작가의 창의력과 수고가 시작될 것임을 짐작할 수 있다.

2. 주식 시장에 등장한 AI

주식투자는 안정이 담보되지 않은 고위험 투자에 속한다. 기업 정보를 쉽게 알 수 없는 일반 투자자들은 그런 이유로 손실을 보기도 하는데 최근에는 AI가 여러 데이터를 분석하여 종목을 추천해 주기도 한다.

💬 **질문**(프롬프트): **미래 경제전망을 토대로 지금 투자하기 좋은 주식 종목 추천해 줘.**

⎯⎯⎯⎯⎯⎯⎯⎯⎯⎯⎯⎯⎯⎯⎯⎯⎯⎯⎯⎯⎯⎯⎯⎯⎯⎯⎯⎯⎯⎯⎯⎯⎯⎯⎯⎯⎯⎯⎯

⊛ 미래 경제 전망을 고려할 때, 투자를 고려해볼 수 있는 몇 가지 주식 종목을 추천할 수 있습니다. 다음 분야들은 미래에 성장 가능성이 높은 것으로 평가되고 있으며, 관련 주식들이 좋은 투자 대상이 될 수 있습니다:

1. 재생 에너지
   - 세계는 점차 재생 가능 에너지로 전환하고 있으며, 이 분야의 기업들은 장기적으로 강한 성장 잠재력을 가지고 있습니다.

- 예: Vestas Wind Systems, First Solar**, NextEra Energy

2. 기술 및 인공지능

- 디지털화, 자동화, 인공지능 기술은 계속해서 발전할 것이며, 이 분야의 기업들은 혁신을 통해 성장할 수 있습니다.
- 예: NVIDIA, Alphabet(구글의 모회사), Microsoft

3. 헬스케어 및 바이오테크

- 인구 고령화와 지속적인 건강 관련 연구 개발로 인해, 헬스케어 및 바이오테크 분야는 지속적으로 성장할 것입니다.
- 예: Johnson & Johnson, Pfizer, Moderna

4. 전기 자동차와 자율 주행 기술

- 친환경 차량과 자율 주행 기술에 대한 수요는 계속 증가할 것이며, 이 분야의 선두 기업들은 투자 가치가 높습니다.
- 예: Tesla, NIO, General Motors

5. 이커머스 및 온라인 소매

- 온라인 쇼핑의 증가는 계속될 것이며, 이커머스 시장의 리더들은 장기적인 성장을 지속할 가능성이 높습니다.
- 예: Amazon, Alibaba, Shopify

투자 결정을 내리기 전에 자신의 재정 상황, 투자 목표, 리스크 감

수 능력을 고려하고, 충분한 연구와 분석을 수행하는 것이 중요합니다. 또한, 시장 상황은 변할 수 있으므로 지속적인 시장 조사와 분석이 필요합니다.

3. 더 강력한 AI 등장 예고

AI 기술은 지속적으로 발전하고 있으며, 많은 기업과 연구 기관이 더 강력하고 효율적인 AI 모델을 개발하기 위해 노력하고 있다. 예를 들어 OpenAI의 GPT 시리즈, Google의 BERT와 같은 자연어 처리 모델, Tesla의 자율 주행 기술 개발 등이다. 이들은 모두 AI 기술의 발전을 선도하고 있다.

〈출시 예정인 AI〉
① GPT-5가칭: OpenAI에서는 GPT-4에 이어 더 발전된 후속 모델을 개발해 곧 출시를 예고하고 있다. 이 모델은 현재의 GPT-4보다 더 많은 데이터를 학습하고, 더 정교한 언어 이해와 생성 능력을 갖출 것으로 기대된다.
② Google의 LaMDA: Google은 자연어 이해와 생성에 초점을 맞춘 LaMDALanguage Model for Dialogue Applications를 개발하고 있다. 이 모델은 대화의 흐름을 더 잘 이해하고 자연스러운 대화를 생성하는 것을 목표로 한다.

14강

AI 뮤즈 활용,
글쓰기를 위한 추천 프로세스

AI 뮤즈 활용,
글쓰기를 위한 추천 프로세스

(1) **주제 및 목표 설정**: 글의 주제와 목표를 명확히 정한다. 주제는 글의 내용과 방향을 결정하는 중요한 요소다. 또한 어디에 쓸 글인지 대상이나 목표를 설정해야 한다. 예를 들어 블로그 포스트, 마케팅 콘텐츠, 학술 논문 등 글의 종류에 따라 목표가 달라질 수 있기 때문이다.

(2) **키워드 및 아이디어 조사**: AI 도구를 사용하여 관련 키워드 및 아이디어를 조사한다. 키워드는 글의 내용을 구체화하고 검색 엔진에서 노출될 확률을 높이는 데 도움이 된다.

(3) **자료 수집**: 키워드와 관련된 자료를 수집한다. 자료는 글의 내용을 풍부하게 하고, 신뢰성을 높이는 데 중요한 역할을 한다.

(4) **초안 생성**: AI 기반 글쓰기 도구를 활용하여 주제와 관련된 초안을 생성한다. 이 단계에서는 주로 내용의 양과 기본 구조에 집중한다.

(5) **내용 정제 및 구조화**: 생성된 초안을 검토하고 정제한다. 문장 구조, 문단 분류, 논리적 일관성 등을 점검하고 개선한다.

(6) **스타일 및 톤 조정**: 글의 대상 독자와 목적에 맞게 스타일과 톤을 조정한다. AI 도구는 다양한 스타일과 톤 옵션을 제공할 수 있다.

(7) **문법 및 철자 검사**: AI 기반 문법 검사 도구를 사용하여 문법 오류, 철자 오류, 구두점 사용 등을 점검한다.

(8) **피드백과 수정**: 필요한 경우, 동료의 피드백을 받거나 AI 도구의 추가 분석을 통해 글의 완성도를 높인다.

(9) **최종 검토 및 게시**: 최종적으로 글을 다시 한번 검토한 후 게시한다. 온라인 콘텐츠의 경우 SEO 최적화를 확인한다.

이러한 프로세스는 AI를 활용하여 효율적이고 품질 높은 글쓰기를 할 수 있도록 도와준다. AI는 글쓰기 과정에서의 시간과 노력을 줄여주는 동시에 더 나은 결과물을 만들어 낼 수 있게 한다. 가령 자료 수집 단계에서는 AI 검색 엔진을 이용하여 빠르게 자료를 수집할 수 있고, 초안 생성과 내용 정제 단계에서는 문장 생성과 문단 구성 도구를 이용하여 문장을 빠르게 자동 완성할 수 있게 된다. 위의 모든 과정에서 요구되는 것은 '정확한 프롬프트'의 제시다. 작가는 프롬프트 구성에 신중해야 한다. 질문이 정확해야 유효한 답변^{자료}을 얻을 수 있다.

⟨창의적 아이디어 발굴에 도움되는 추천 AI⟩

전문가가 아니더라도 AI를 통해 창의적 아이디어 발굴이 가능하다. 활용이 쉬운 AI를 소개한다.

(1) OpenAI의 ChatGPT:
- 기능: 자연어 처리를 기반으로 한 대화형 AI로, 사용자가 입력한 텍스트에 대해 인간처럼 응답한다. chatGPT는 사용자가 제공한 키워드나 문장 조각들을 바탕으로 완성도 높은 스토리 라인을 만들어 낼 수 있다.
- 활용 방법: ChatGPT를 사용하여 브레인스토밍을 할 수 있다. 예를 들어, 특정 주제에 대한 아이디어를 요청하거나, 문제 해결 방안, 스토리 아이디어 등을 생성하는 데 사용할 수 있다. 캐릭터의 기본 정보를 입력하면, GPT-3는 그 캐릭터에 적합한 배경, 성격 특성, 발전 가능성 등을 제시한다. 또한 특정 장면을 간단히 설명하면, 그 장면을 더욱 풍부하게 만들어 줄 추가적인 세부 사항을 생성할 수 있다. 대화가 필요한 장면이라면, 자연스러운 대화를 구성하여 장면에 생명을 불어넣을 수도 있다.
- 활용 예시: 프롬프트를 제시한 후 답을 받아보도록 하자.

질문(프롬프트): **출산율이 떨어지고 수명은 늘어 고령화 사회가 되었어. 어린이가 없는 미래 사회를 주제로 소설을 쓰려고 해. 어떤 줄거리가 좋을까?**

....

어린이가 없는 미래 사회를 배경으로 한 소설의 줄거리는 다음과 같습니다:

연도는 2150년. 지구는 오랜 기간 출산율의 급감과 인간 수명의 연장으로 인해 극도의 고령화 사회가 되었다. "영원한 아이들(Eternal Children)"이라고 불리는 마지막 세대의 어린이들이 이제 모두 성인이 되었다. 이 사회에서 어린이의 웃음소리는 오래전 추억 속에 묻혀버린 옛날 이야기가 되었다.

중앙정부는 인류의 멸종을 막기 위해 극비 프로젝트 '뉴-제네시스(New Genesis)'를 시작한다. 인공지능과 유전공학의 결합으로 새로운 형태의 생명 탄생을 시도하는 프로젝트였다. 이 사회에서는 아이들이 다시 태어나는 것을 꿈꾸지만, 동시에 그들이 가져올 변화에 대한 두려움도 있다.

소설의 주인공인 '아리엘'은 뉴-제네시스 프로젝트의 연구원이다. 아리엘은 어린이의 목소리가 담긴 오래된 녹음기를 발견하고, 그 순수한 감정과 기쁨에 매료된다. 그는 프로젝트의 성공을 통해 어린이들의 웃음을 다시 세상에 가져오고자 하는 열망을 품는다.

그러나 아리엘과 동료들은 예상치 못한 윤리적, 도덕적 문제에 직면한다. 새롭게 탄생할 어린이들이 진정한 인간으로 받아들여질 것인가, 아니면 인류의 존속을 위한 도구로만 활용될 것인가에 대한 논쟁이 사회 내에 팽배해진다. 이에 더해, 자연 발생적 출산이 아닌 인공적 창조를 통해 태어난 어린이들은 과연 어떤 삶을 살아갈 것인지, 그리고 그들의 존재가 기존의 고령 사회에 어떤 영향을 미칠 것인지에 대한 질문이 제기된다.

아리엘은 과학적 발견과 인간적 감성 사이에서 균형을 찾아야 하는 도전에 직면하며, 결국 사회가 두려움을 넘어 희망을 품을 수 있는 길을 모색한다. 소설은 아리엘의 여정을 통해 새로운 생명의 탄생과 그로 인한 사회적 변화의 파장을 탐구하며, 독자들에게 어린이의 존재가 인간 사회에 미치는 중요성에 대해 깊은 성찰의 기회를 제공한다.

이 줄거리를 토대로 어린이가 없는 미래 사회의 복잡한 문제를 탐구하고, 인간의 삶, 과학적 진보, 그리고 윤리적 고민에 대한 깊은 논의를 이끌어낼 수 있는 소설의 기본 틀이 마련되었다.

(2) DALL·E:
- 기능: 텍스트 설명을 바탕으로 사실적인 이미지를 생성하는 AI 기반 도구다. 이미지를 요구할 때는 복잡한 설명보다 단순 명료한 명령어

를 사용하는 것이 좋다.

- **활용 방법**: 특정 아이디어나 컨셉에 대한 시각적 표현이 필요할 때 사용할 수 있다. 예를 들어, "미래 도시의 일몰"이라는 텍스트를 입력하여 관련 이미지를 생성하고 이를 창의적 프로젝트에 활용할 수 있다.

(3) RunwayML:

- **기능**: 머신러닝 모델을 쉽게 사용할 수 있게 해주는 플랫폼으로 비디오, 이미지, 텍스트 등 다양한 미디어를 처리할 수 있다.
- **활용 방법**: 예술 작품, 디자인 프로젝트 또는 인터랙티브 미디어 작업에 AI 기술을 적용하여 새로운 창작물을 만드는 데 사용할 수 있다.

(4) Google AutoDraw:

- **기능**: AutoDraw는 구글이 개발한 웹 기반 도구로, 간단한 스케치를 하면 AI가 그것을 인식해 더 정제된 그림으로 변환해 주는 기능이 있다. 예를 들어, 사용자가 어설프게 드린 자전거 스케치를 입력하면 AutoDraw는 자전거의 다양하고 정교한 그림들을 보여주고 그 중 하나를 선택할 수 있게 한다.

  AutoDraw.com에 접속하여 그리기를 시도해 본다. 그림 솜씨가 전혀 없는 필자의 낙서 같은 그림에 대해 AI는 "다음을 의미합니까?"라는 질문과 함께 예상할 수 있는 그림 샘플들을 보여주었다. 필자는 그 중에서 가장 맘에 드는 그림을 찾아 클릭하여 자전거를 완성했다. 다음 쪽의 그림1은 필자의 낙서, 그림2는 AutoDraw에서 완성한 자전거다.

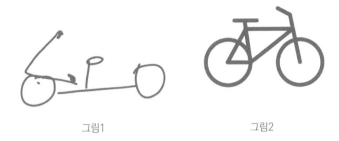

그림1   그림2

이렇게 사용자는 빠르고 쉽게 깔끔한 그림을 얻어 작업이나 아이디
어 시각화에 유용하게 사용할 수 있다.

- **활용 방법**: 빠르게 스케치한 아이디어를 전문적인 드로잉으로 변환
  하여 프레젠테이션, 웹 디자인 또는 기타 창의적 프로젝트에 활용할
  수 있다.

(5) **네이버 하이퍼클로바**: 네이버 하이퍼클로바는 네이버에서 제공하는
   무료 AI 도구로 한글을 기반으로 한 자동 캐릭터 생성 기능을 제공한
   다. 한국 관련 정보는 하이퍼클로바가 더 유용한 경우가 많다.

(6) **노벨 AI**: 노벨 AI는 유료 AI 도구다. 자동 줄거리 생성 기능과 자동 캐
   릭터 생성 기능을 제공하며, 다양한 언어를 지원한다.

이러한 도구들은 창의적 아이디어를 발굴하고 구체화하는 데 큰
도움을 줄 수 있으며, 기술적 지식이 없는 사람들도 쉽게 접근하여
사용할 수 있다. 각 도구는 특정 창작 활동을 지원하기 위해 설계되

었으므로, 사용자의 필요에 맞게 선택하여 사용하면 된다. 유료 AI 를 사용하는 것도 좋은 선택이다. 유료 AI도구는 더 많은 기능을 제 공하고 더 높은 정확도를 보장한다.

AI 활용,
단숨에 뚝딱!
책쓰기

15강

AI 글쓰기의 몇 가지 고려 사항

15강
AI 글쓰기의 몇 가지 고려 사항

1. 저작권과 원작자의 권리

AI 글쓰기의 발전은 저작권과 원작자의 권리에 관한 중요한 윤리적 질문을 제기한다. AI에 의해 생성된 콘텐츠가 인간의 창작물과 어떻게 다른지, 그리고 AI가 생성한 콘텐츠의 소유권은 누구에게 있는지는 현재도 논의가 활발한 주제다. 인간 작가가 AI를 활용하여 글을 쓸 때 그 글이 과연 작가의 지적 재산인지, 아니면 AI를 제공한 회사의 소유인지 명확한 법적 지침이 필요하다.

AI 글쓰기와 관련하여 저작권과 원작자의 권리에 대한 세계적인 협의가 진행 중이다. 한국 문화체육관광부는 'AI 생성 저작품 저작권 가이드'를 발표해, 텍스트, 이미지, 오디오와 같은 AI 출력물

뉴시스 링크

을 만드는 데 사용되는 데이터가 타인의 저작권을 침해하지 않도록 해야 한다고 강조한다. 또한 인간의 사고나 감정의 표현이 담긴 창작물에만 저작권 등록이 적용될 수 있으며, 인간의 창의적 개입 없이 오로지 AI에 의해 생성된 출력물에는 적용되지 않음을 명확히 했

다. 인간의 창의성이 개입된 창작물은 저작권 보호를 받을 수 있다.[1]

세계적으로도 AI가 사회, 경제, 문화 전반에 미칠 수 있는 잠재력을 인정하고, 이에 맞춰 법적 틀을 조정할 필요가 있다는 인식이 커지고 있다. 미국, 일본, EU와 같은 국가들은 AI 생성 저작물에 대한 보호 필요성을 전제로 AI 산업에 대한 투자 유인과 진흥을 위한 법적 보호 방안에 대한 논의를 지속하고 있으나, 아직 AI 지식재산을 보호하는 입법 예는 없다.[2]

또한, 기존 저작물을 AI 학습을 위해 사용하는 것, 즉 텍스트 데이터 마이닝TDM에 대한 논쟁으로 인해 몇몇 지역에서는 비상업적 목적의, AI 학습을 위한 저작물 이용에는 저작권 위배를 적용하지 않는다. 이런 법적 관용은 기술 혁신을 장려하고 글로벌 개발에 발맞추기 위해 추구되고 있다.[3]

네이버 블로그 링크

이런 논의는 AI와 저작권 법률이 교차하는 복잡한 문제에 대한 인식을 보여주며, 혁신의 필요성과 창작자의 권리 보호 사이의 균형을 맞추려는 노력으로 나타난다.

---

1 이현경, "문체부, AI-저작권 선제 대응... '생성형 AI 저작권 안내서' 발간", 뉴시스, 2023.12.27., https://mobile.newsis.com/view.html?ar_id=NISX20231227_0002572112
2 한국저작권보호원 공식 블로그
3 지스타, 자기관리 지스타, 블로그, 2022.10.11., https://blog.naver.com/zol-traaak/222897847414

2. AI 작성 콘텐츠의 투명성

AI가 작성한 콘텐츠의 투명성 역시 중요하다. AI가 만든 글이 인간이 작성한 것처럼 오인되어 소비자를 혼란스럽게 하지 않도록 AI의 사용과 기여도를 명확히 밝혀야만 한다. 이는 독자가 콘텐츠를 평가하고 신뢰할 수 있는 기반을 마련해 줄 뿐만 아니라 AI의 한계와 가능성을 인식하는 데에도 도움이 된다.

3. 에너지 효율성

AI 모델, 특히 대규모 모델은 많은 양의 에너지를 소비한다. 에너지 효율이 높은 모델 개발을 통해 환경적으로 지속 가능한 도구가 되도록 해야 할 것이다.

AI를 활용한 글쓰기는, 에너지 절약 측면에서 긍정적인 영향을 줄 수 있는 몇 가지 이유가 있다.

(1) **효율성 향상**: AI는 반복적인 작업을 자동화하고 글쓰기 과정에 필요한 시간을 단축시킨다. 이는 전체적인 에너지 사용을 줄이는 효과가 있다. 글쓰기에 소요되는 시간이 줄어들면 그만큼 컴퓨터 사용 시간도 감소하여 전력 소비를 줄일 수 있다.

(2) **자원 절약**: AI 글쓰기 도구는 종이 사용을 줄이는 디지털 작업 흐름

을 장려한다. 종이 생산과 관련된 에너지 소비와 자원 낭비가 감소할 수 있다.

(3) 클라우드 기반 작업: AI 글쓰기 도구는 대부분 클라우드 기반으로 작동한다. 클라우드 서비스 제공업체들은 대규모 데이터 센터를 운영하면서 에너지 효율 개선을 위한 최신 기술을 도입하고 있다. 개별 사용자가 각자의 장비를 사용하는 것보다 데이터 센터의 집적화한 자원을 이용하는 것이 전체적인 에너지 효율성을 높일 수 있다.

(4) 이동 감소: 특히 원격 작업 환경에서 AI 글쓰기 도구를 사용하면 회의나 협업을 위한 이동 필요성이 줄어들어, 교통으로 인한 에너지 소비와 탄소 배출을 감소시킬 수 있다.

이런 근거들은 AI 글쓰기가 에너지 절약에 기여할 수 있는 여러 방면을 보여 준다. 비록 각각의 절약 효과가 작을 수 있지만, 넓은 범위에서 볼 때 AI 도구의 효율적 사용은 지속 가능한 환경에 긍정적 영향을 미칠 수 있다.

4. 데이터의 품질 검증

AI 모델은 학습 데이터에 크게 의존하기 때문에 고품질의 다양한 데이터 확보가 중요하다. 데이터의 품질이 모델의 성능을 결정하며,

데이터의 다양성은 AI의 포괄성과 공정성을 보장하는 데도 중요하다. 최근 OpenAI의 chatGPT-4에서는 스토어에 개인이 '나만의 정보'를 만들어 올릴 수 있도록 하고 있다. 다양성 측면에서 좋은 일이지만 비전문가의 검증되지 않은 정보가 올라온다면 무분별한 데이터의 양산이 우려되기도 한다.

5. AI 뮤즈가 아직 이해하지 못하는 것들

AI 글쓰기 도구는 작가의 창작 과정을 확장하는 강력한 수단이다. 이러한 도구는 작가가 효율적으로 아이디어를 생성하고 초안을 작성하며 자신의 글을 다듬을 수 있도록 돕지만, 작가는 AI 도구를 사용할 때 그 한계 또한 알아야 한다. AI가 도출하는 답안은 데이터에 기반한 것이므로, 잘못된 데이터를 끌어올 경우 오류가 발생하기도 한다.

AI 글쓰기는 많은 가능성을 내포하고 있지만, 여전히 인간의 복잡한 사고와 감정을 완벽하게 이해하고 표현할 수는 없다. 현재의 AI는 맥락을 파악하고 언어를 사용하는 능력을 놀랍도록 실현하고 있지만 창의성과 같은 인간 고유의 영역에서는 그 깊이가 상대적으로 얕다. AI는 아직 인간이 가지는 섬세한 유머 감각이나 복잡한 정서, 상징과 은유를 사용한 미묘한 표현을 충분히 재현하지는 못한다. 바로 이 영역이 인간 작가의 몫이다. 또한 질문에 따라 다른 답변을 낸다는 것을 감안하면 현재의 AI는 프롬프트만큼만 똑똑해질 수 있다는 한계도 있다.

AI는 창작 과정에서의 파트너 또는 조수로, 또 창의력 확장의 도구로써 훌륭한 파트너지만, 기존에 학습한 데이터를 바탕으로 한다는 점에서 창의성의 한계를 지닌다. 정보를 수집하되 검증능력이 없으므로 그 확인의 책임을 작가가 져야 한다. AI는 입력되지 않은 정보를 검색하거나 추론할 수 없으므로 최신 자료나 정보와 관련된 글이라면 작가는 반드시 검증 작업을 해야 한다. 앞서 언급했듯이 잘못 입력된 정보를 여과없이 끌어올 경우 오류를 일으킬 가능성도 있다. 최근 이용자가 늘고 있는 Copilot코파일럿은 이런 경우에 대비해 검색 사이트를 제공하고 있기도 하다.

AI는 상황 판단 능력이 없다. 가령 독자의 연령, 성별, 문화 등의 고려를 하기 어렵다. 따라서 13세 이하 어린이 사용자는 부모님의 지도하에 사용하는 게 좋다. 미래지향적 사고도 아직 AI에게 기대하기는 어려운 일이다.

이상의 문제들은 AI가 인간 작가에 비해 여전히 많이 부족한 부분이다. AI의 능력을 부정하거나 폄훼하는 사람들은 이런 부분을 지적하는 것이다. 그러나 AI는 인간 작가가 갖지 못한 장점이 분명히 있다. 예를 들어 빠른 속도로 글을 작성할 수 있고, 대량의 데이터를 처리할 수 있다.

AI의 출현으로 없어질 직업 리스트에 작가가 올라온 것을 본 일이 있다. 그러나 필자의 생각은 좀 다르다. 작가라는 직업이 없어지는 대신 진정 창의력으로 글을 쓰는 작가와 알고리즘 범주의 글쓰기를 하는 작가가 구별될 것이다. 카메라 발명으로 사진이 등장한 당시, 화가가 사라질 것이라 조바심쳤던 역사를 되돌아보면 답이 나온다. 이후 사진은 사진대로 예술의 한 영역을 담당하고 있고, 화가들은 사진이 구현할 수 없는 예술 세계로 그들의 영토를 심화해 갔다.

AI와 함께하는 글쓰기는 이미 창작의 한 축으로 떠올랐다. 이는 전통 방식의 글쓰기 작가들에게 도전이 될 것임이 분명하다. 점차 AI를 활용할 줄 모르는 작가들은 창작의 지평에서 도태할 가능성도 매우 크다. 『나는 왜 사이보그가 되었는가』의 저자인 영국 레딩대 케빈 워릭 교수는 "사이보그가 되길 거부하고 순수인간으로 살아남을 수는 있다. 하지만 그것은 인간으로 진화하지 않고 침팬지로 남아 있겠다는 것과 같은 말"이라고 했다. AI는 거부할 수 없는 물결이다. 사이보그가 예견되는 마당에 AI에 조차 눈 감고 있다면 당신은 원시인으로 살기를 작정한 것과 같다.

AI 기술이 글쓰기 분야에 가져온 혁신은 분명히 많은 기회를 제공하지만 프라이버시 보호, 알고리즘 편향성 등은 개선되어야 할 점들이다. 동시에 저작권법, 소유권, 투명성과 같은 새로운 윤리적 문제들도 남아 있다. 현재로서는 사용자들의 높은 윤리의식과 AI 생성 정보에 대한 꾸준한 검증 노력이 요구되는 시점이다. 꾸준히 언급한

대로 선택한 정보에 대한 책임과 마지막 창의적 결정은 인간 작가의 몫이라는 점을 기억하기 바란다.

AI 글쓰기 도구의 사용이 일상화함에 따라, 이러한 문제들에 대한 명확한 기준과 지침을 마련하는 것은 글쓰기 커뮤니티와 법률 전문가들에게 중요한 과제로 남아 있다.

〈최근 구독자가 늘고 있는 AI 소개〉

(1) chatGPT-4(OpenAI)

자연어 처리를 기반으로 하는 대화형 AI로 다양한 주제에 대한 질문에 답할 수 있다. 코드 작성, 정보 제공, 콘텐츠 생성, 복잡한 문제 해결, 번역 등 다방면에 활용할 수 있다.

교육, 연구, 비즈니스 의사 결정 등에 사용하면 매우 효율적인 결과를 얻을 수 있다.

(2) DALL-E(OpenAI)

DALL-E는 OpenAI에 의해 개발된 AI 이미지 생성 모델로, 텍스트 설명을 바탕으로 구체적인 이미지를 생성하는 능력을 가지고 있다. 복잡하고 상세한 설명에도 잘 작동한다. 지금까지 존재하지 않는 새로운 개념과 시나리오 이미지를 창조할 수 있다는 점에서 창작자들에게 영감의 원천을 제공할 수 있다. 사실적인 이미지부터 만화 스타일, 유화 스타일 등 다양한 결과물을 제공한다. 그래픽 디자인, 예술 창작, 광고, 미디어 콘텐츠 등에 이용하기 좋다. 학습 자료나 발표 자료에 특정 개념을 시각화하기에 매우 좋고, 비디오 게임, 영화, 애니메이션 등에서 캐릭터 디자인이나 배경 생성이 필요할 경우에도 매우 유용하다.

(3) Bing(마이크로소프트)

마이크로소프트 사에서 개발한 웹 검색 엔진으로, 다음과 같은 특징이 있다. 사용자의 검색 쿼리를 이해하고 관련 있는 결과를 제공하기 위한 고급 알고리즘을 사용한다. 홈페이지에 매일 바뀌는 고화질 배경 이미지를 제공하며 이미지 및 비디오 검색 결과도 시각적으로 풍부하게 제공한다. 통합 검색 기능이 있어 뉴스, 지도, 이미지, 비디오 등 다양한 카테고리의 검색이 가능하다. 음성 검색 기능이 있다.

Bing은 다양한 검색 기능과 사용자 친화적인 인터페이스를 제공하며, 정보 검색, 교육적 연구, 비즈니스 분석 및 멀티미디어 콘텐츠 접근 등 다양한 목적에 적합하다.

(4) GitHub Copilot

GitHub Copilot은 개발자를 위한 AI 프로그래밍 어시스턴트다. 프로그래머의 코드를 실시간 분석하여 현재 작업에 맞는 코드 조각을 제안하는 특징이 있다. 다양한 프로그래밍 언어(Python, JavaScript, TypeScript, Ruby 등)를 지원하고 있어 폭넓은 개발환경에 적용된다. 자연어로 된 설명을 바탕으로 코드를 생성하고 개발자 의도를 이해하여 적합한 코드를 제안하기도 한다. 코드에 대한 설명을 자동으로 생성하여 주석을 추가하는 등 문서화 작업을 용이하게 한다.

(5) ClovaX(네이버)

ClovaX는 네이버에서 개발한 인공지능AI 기술을 기반으로 하는 플랫폼이다.

ClovaX는 사용자의 음성을 인식하여 명령을 수행하고, 자연스러운 음성으로 대답할 수 있는 능력이 있다. 자연어 처리 기술을 통해 사용자가 말하는 언어의 의미를 파악하고 적절한 반응을 할 수 있다. 특히 한국형이라는 점에서 한국 관련 정보는 다른 AI 도구들에 비해 정확도가 높은 편이다. 음성 명령으로 스마트 홈 기기 제어, 음악 재생, 전화 걸기 등의 기능을 수행할 수 있다. 사용자의 질문에 대한 답변을 제공하며, 정보 검색 기능이 있다.

(6) Gemini(Google)

Google의 새로운 AI 모델인 제미나이Gemini는 대규모 협업을 통해 개발된 멀티모달 AI로, 텍스트, 코드, 오디오, 이미지, 비디오 등 다양한 유형의 정보를 이해하고 처리할 수 있다. Gemini는 데이터 센터부터 모바일 기기에 이르기까지 다양한 환경에서 효율적으로 작동할 수 있으며, 복잡한 작업을 수행하기 위해 최적화된 세 가지 크기(울트라, 프로, 나노)로 제공된다 .

Gemini 1.5 모델은 향상된 성능을 제공하며, 1.0 Ultra와 비슷한 수준의 품질을 달성하면서도 적은 연산 리소스를 사용한다. 또한, 긴 컨텍스트 이해를 위한 실험적 기능을 도입하여 대용량의 정보 처리 능력을 크게 향상시켰다. 이 모델은 최대 1백만 토큰의 컨텍스트 윈도우를 가지고 있어, 대규모 데이터를 한 번에 처리할 수 있다.

제미나이는 Google의 제품과 서비스, 예를 들어 Bard, Pixel 8 Pro, Search 등에 이미 사용되고 있으며, 향후 광고, 크롬, 듀엣 AI 등에도 통합될 예정이다 .

(7) BERT(Google)

자연어 처리에 특화된 AI 모델로, 문맥 이해에 강점을 갖는다. 검색 엔진, 의미 분석, 텍스트 관련 애플리케이션 등 검색 엔진 최적화SEO와 문장의 의미 분석에 주로 사용된다.

이 AI 도구들은 각각의 분야에서 혁신적인 역할을 하며, 다양한 산업과 연구 분야에서 널리 사용되고 있다.

16강

나가기

AI 뮤즈와 함께하는 창조의 여정을 마치며

chatGPTs 활용 팁

나가기

AI 뮤즈와 함께하는 창조의 여정을 마치며

　AI와 인간의 협업, 감성과 기술의 결합 그리고 미래의 창작 과정에 대해 여러 각도로 살펴봤다. 이 책을 통해 탐색한 바와 같이, AI 뮤즈는 단순한 도구를 넘어서 우리의 창조적 파트너로 자리 잡았다. 이 협업은 단지 작업 효율성을 높이는 것 이상으로 우리가 상상조차 못한 창작물을 만들어 내는 데 기여하고 있다.

　AI의 도입은 창작 과정에 새로운 차원의 영감을 더해준다. 작가들은 이제 AI 뮤즈와 함께 한층 복잡하고 다층적인 이야기를 구성할 수 있으며, AI와의 협업을 통해 전에 볼 수 없던 시각적 경험을 창출하고 있다. 이러한 협업은 창작자가 자신의 내면 깊은 곳에 잠재된 감성과 창의력을 발견하게 만들며, 이는 곧 작품에 생명을 불어넣기 위한 필수적인 요소가 된다.

　감성과 기술의 결합은 창작물에 깊이와 복잡성을 더할 뿐만 아니라 창작 과정 자체를 더욱 풍성하게 만든다. AI 뮤즈는 우리의 감성을 자극하고, 때로는 우리가 예상치 못한 방향으로 우리를 이끌기도 한다. 이 과정에서 창작자는 자신의 한계를 넘어서는 아이디어와 표현 방식을 발견하게 된다.

AI 글쓰기의 발전 가능성은 무한하다. AI는 데이터와 패턴 학습을 기반으로 계속해서 발전하고 있으며 이를 통해 더욱 정교하게 인간에 가까운 글쓰기 능력을 개발할 것이다. 특히, 인간 작가와 AI의 협업은 다른 장르의 예술활동처럼 전혀 다른 형태의 글쓰기를 탄생시킬 수 있으며 이는 미래 글쓰기 방향성에 중대한 영향을 미칠 것이다. 컴퓨터가 있지만 연필로 종이에 글을 쓰는 것과 같은 의미로 AI가 없어도 글을 쓸 수는 있다. 그러나 앞서 가는 정보나 미디어 환경을 따라잡기에 방대한 데이터를 소유한 AI를 모르고서는 분명한 한계가 있을 것이다. 산업 전반에 걸쳐 기술은 날로 진보한다. 순수 창작의 세계라고 해서 다르지 않다. AI를 활용한 글쓰기는 넘치는 정보와 빠른 속도의 정보처리 능력으로 인해 새로운 지평을 열어 갈 것이다.

chatGPTs 활용 팁

좋은 결과물을 얻기 위해서 무엇보다 중요한 것이 프롬프트 만들기다. 보다 정확한 결과를 내놓도록 하기 위해서 몇 가지 유용한 명령어가 있다. 글자수를 지정해 주는 방법(2499자로 써 줘, 200자 원고지

10매로 써 줘 등)과 'Let's think step by step' 또는 한국어로 '구체적으로' 또는 '전문가의 관점에서' 등의 명령어를 프롬프트에 추가하는 것이다. chatGPT 업그레이드 버전에서는 개인이 '나만의 GPT'를 만들 수도 있다. 그러나 개인이 쏟아내는 정보가 정확도가 떨어질 가능성이 있으므로 사용자 입장에서 정확한 결과를 얻기 위해서는 프롬프트에 정보의 범위를 한정해 주는 것도 좋은 방법이다. 가령 "국회 도서관 자료 중에서 찾아줘"라는 식으로 프롬프트를 입력하는 것이다.

chatGPT는 질문에 대해 답을 만드는 것생성이지 검색기능이 아니다. 따라서 정확한 정보가 필요한 경우는 관련 웹사이트 등을 통해 확인하는 작업이 반드시 필요하다. 부정확한 프롬프트가 아니더라도 chatGPT가 잘못 인식하여 생성한 정보를 가져올 수도 있다. 이를 할루시네이션환각이라고 한다. 이 부분은 앞으로 개선되어야 할 과제로 남아 있다.

chatGPT-3.5는 무료로 사용할 수 있다. 정확도와 정보의 한계가 있으나 꼭 필요한 사용자가 아니라면 3.5버전도 매우 훌륭하다.

현재 유료 버전인 chatGPT-4나 chatGPT 팀 사용자는 chatGPT 탐색하기를 이용할 수 있다. 탐색하기 창에서 @을 치고 검색 키워드를 넣으면 관련 GPT가 주루룩 뜬다. 아무래도 추천GPT나 인기있는 GPT를 선택하는 것이 사용하기 좋다. chatGPT 탐색하기에는

OpenAI 사가 출시한 다양한 AI들이 있고 한 번 사용한 GPT들은 바로가기 아이콘이 만들어진다. 유용한 GPT들이 사용자를 기다리고 있다. 한국 기업들도 GPT 스토어에 입점 채비를 하고 있다. KB 증권은 이미 입점하여 금융정보를 제공하고 있다.

잠시 언급했듯이 유료 버전의 경우 나만의 GPT를 만들 수가 있다. 내가 만든 GPT는 내가 정한 공개범위 내에서 공유가 가능하다.

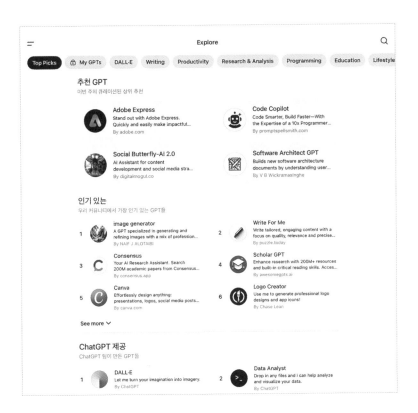

AI 활용, 단숨에 뚝딱! 책쓰기

© 이성숙, 2024

1판 1쇄 인쇄 __ 2024년 05월 21일
1판 1쇄 발행 __ 2024년 05월 31일

지은이 __ 명진(이성숙)·chatGPT
펴낸이 __ 홍정표

펴낸곳 __ 글로벌콘텐츠
    등록 __ 제2018-000059호

공급처 __ (주)글로벌콘텐츠출판그룹
    대표 __ 홍정표 이사 __ 김미미 편집 __ 임세원 강민욱 백승민 권군오
    디자인 __ 가보경 기획·마케팅 __ 이종훈 홍민지
    주소 __ 서울특별시 강동구 풍성로 87-6 전화 __ 02-488-3280 팩스 __ 02-488-3281
    홈페이지 __ www.gcbook.co.kr 메일 __ edit@gcbook.co.kr

값 18,000원
ISBN 979-11-5852-411-1 03800